どうぶつえん
Yuma & Minemori
「魔王様の清らかなおつき合い」

魔王様の清らかなおつき合い

海野 幸

キャラ文庫

この作品はフィクションです。
実在の人物・団体・事件などにはいっさい関係ありません。

目次

口絵・本文イラスト／小椋ムク

人類は進化の途上で、洋服をまとって体を隠す知性を得た。だったらいっそ、顔も一緒に隠してしまえばよかったのだ。そうすれば、外見のことでとやかく言われることもない。

「ミキちゃんって本当に天使だよね」

ゲイバーのカウンター内で酒を作っていると、たまに酔った客からこんな声をかけられる。誰が天使だ——などとは言わず、ご要望にお応えして悠真《ゆうま》は静かに微笑《ほほえ》んだ。

悠真は肌が白く、髪と瞳の色も淡い。くっきりした二重と筋の通った鼻筋、淡い笑みを浮かべる唇は桜色で、カウンターのライトを頭上から受けるその姿は西洋の宗教画に出てきそうな雰囲気だ。

美しく整った顔で控えめに微笑む悠真は、まさに天使である。見た目だけは。

「ミキちゃんの顔を見てると癒されるよ。半分はミキちゃんに会うためにこの店に通ってるんだもん。掃き溜《だ》めに鶴って感じ」

店のスタッフが悠真を「ミキ」や「ミキちゃん」と呼ぶものだから、すっかり客にもその呼び名が浸透してしまった。源氏名と思われがちだがそうではなく、三城《みき》は悠真の苗字である。

悠真が客に何か言い返す前に、テーブル席から野太い声が飛んできた。

「ちょっとぉ！　人の店に向かって掃き溜めとは何よ、失礼ね」

憤慨した様子でソファーから立ち上がったのはこの店のママ、ヨシミだ。口調こそ女性的だが、女装や化粧はしていない。短く切った髪を金色に染め、五十代とは思えぬ筋肉質な体にぴちぴちの黒シャツを着て、足取りも荒くカウンターの中に入ってくる。カウンターに五席、四人掛けのテーブルが二卓しかない店は狭く、大柄なヨシミが動くとそれだけで人目を引いた。

「ちょっと目を離した隙にうちの子口説くのやめてくれない?」

ヨシミにじろりと睨《にら》まれて、カウンター席に座っていた客が肩を竦《すく》める。

「ごめんごめん、ミキちゃんがあんまり可愛《かわい》いもんだから……まだ大学生だっけ?」

「いいえ、もう二十四です」

悠真の返答に客は大げさに驚いた顔をしたが、よくある反応なので悠真は眉一つ動かさない。実年齢より下に見られがちなのは学生時代からだ。大学生の頃も、同級生と飲みに行くと悠真だけ店から学生証の提示を求められた。

悠真の身長は百七十センチに届かず、体つきも華奢《きやしや》だ。顔の輪郭も優しい丸みを帯び、成長途中の少年のように見られることも少なくない。

「本当に二十四?」と悠真の顔を覗《のぞ》き込む客に、ヨシミが羽虫でも追い払うような仕草をする。

「やめなさい。ミキは純情可憐《かれん》な顔してるけど、見た目に騙《だま》されると痛い目に遭うわよ」

「案外小悪魔系とか? むしろそういうの好きだけど」

客が興奮気味に身を乗り出したところで、テーブル席のオーダーを取っていた圭介《けいすけ》が戻ってきた。狭い店内なのでヨシミたちのやり取りが聞こえたのだろう。空のグラスを洗い場に置きながら、げらげら笑って会話に参加してくる。

「ミキちゃんは小悪魔っていうより、悪魔でしょ。お客さんの手に負えないと思いますよ」

圭介は短く切った髪をワックスでつんつんと立て、耳に派手なボディピアスをいくつもつけている。年は二十歳で悠真より年下だが、アルバイト歴は圭介の方が断然長いので悠真に敬語を使うこともない。悠真を呼ぶときも「ミキちゃん」と言って憚《はばか》らなかった。

ヨシミも圭介の言葉を否定することなく、そうよぉ、と声を高くした。

「ただでさえこの子、先月彼氏と別れたばっかりで気が立ってるんだから。よりにもよってクリスマス当日に破局したんですって」

「じゃあ、ミキちゃん今フリーなの？」

「やめときなさいって。別れ話がもつれにもつれてビール瓶で彼氏の額かち割るような子なんだから」

「まさかぁ、冗談でしょ？　ね、ミキちゃん」

赤ら顔に笑みを浮かべた客に話を振られ、悠真は笑顔のまま言った。

「かち割ったのは額じゃなくて、後頭部ですね」

「えっ」

楽しそうに笑っていた客の顔に驚愕《きょうがく》の色が浮かんだ。しかしそれはすぐに訝《いぶか》しげな表情にすり替わる。小柄で、優しげな顔立ちをした悠真がそんな刃傷沙汰を起こすなんて想像もつかなかったのだろう。信じられないというよりは、なぜそんな嘘《うそ》をつくのだろう、と悩んでいるような顔だ。こういう相手に自分の言葉を信じさせるのは骨が折れる。面倒になって、悠真はぱっと明るい笑みを浮かべた。

「冗談ですよ！　ビール瓶なんて振り回したりしません」

「えっ、あ……そう、そうだよね⁉」

そうですよ、と悠真は笑う。けれど隣に立つヨシミと圭介はもの言いたげな顔だ。二人は事の顛末《てんまつ》を知っている。

二週間前のクリスマス、悠真はこの店の裏で恋人と別れた。恋人は年上の男性だ。悠真は同性としかつき合ったことがない。

別れ話の理由は単純、恋人の浮気だった。恋人は悠真の勤めるこの店で、あろうことか別の男性を口説いていたのである。カウンターに悠真がいるのを承知の上で。

業を煮やした悠真は恋人を店の裏に呼んで別れを切り出したが、恋人はのらりくらりと受け答えするばかりで真面目に取り合おうとしない。痴話喧嘩《げんか》は壮絶な口論となり、最後は乱闘になって、悠真の頭突きを食らった恋人が後頭部をビルの壁にぶつけ、流血沙汰にまで発展したのだった。

「あんたの猫かぶりも年季入ってるわねぇ」

カウンターで飲んでいた数人の客がタイミングを合わせたように続々と店を出て、いくらか店内が静かになった頃、カウンターで煙草《タバコ》をふかしていたヨシミが煙と一緒に溜息を吐《つ》いた。

カウンターの奥で洗い物をしていた悠真は、ヨシミを振り返って鼻を鳴らす。その顔に浮かんでいたのは客の前で見せていた柔らかな笑みではなく、唇をへの字に結んだ仏頂面だ。

「猫なんてかぶってません、店員としてお客様に失礼のない振る舞いをしたんです。それとも、あのお客様にテキーラぶっかけてやってもよかったんですか？」

「そんなことしたらあんたなんかその場でクビよ」

テーブル席から汚れた皿を持ってきた圭介が、にやにやしながら会話に割り込んでくる。

「さっきミキちゃんのこと天使みたいだって言ってた客に聞かせてやりたいよなぁ。ミキちゃん見てると、本当に人は見た目じゃないって思うわ」

「むしろ見た目で相手の内面を判断しようって風潮は廃れてほしいです。ろくでもない勘違いされてばっかりですよ」

「あっはは、スゲー実感こもってる！」

悠真は天使のように慈悲深いわけでもなければ清純でもなく、むしろ短気なところもあるくらいなのに、なんの因果か顔の作りばかりが繊細で、他人に間違った印象を植えつけがちだ。

客に呼ばれて再びカウンターを離れた圭介を横目に、ヨシミは煙草をくゆらせる。

「天使って言われるのが嫌ならあんな愛想よく笑ってないで、もう少し嫌そうな顔すればいいじゃない」

「……そんなことしたら、店の売上が落ちるかもしれないじゃないですか」

「またあんたが余計なストレスため込む方が面倒よ」

ヨシミの言葉は短いが、声音からこちらを案じる気持ちはきちんと伝わってくる。悠真は一瞬だけ洗い物の手を止め、はい、と小さく返事をした。

悠真がこの店を知ったのは大学在学中、当時つき合っていた恋人に連れてきてもらったのがきっかけだ。ヨシミママの作る煮込み料理と、店内の和やかな雰囲気に惹《ひ》かれ、恋人と別れてからも一人で通うようになった。

二年前、大学を卒業した悠真は、学生の頃からずっと憧れていた大手イベント企画会社に入社した。しかし憧れの仕事は予想以上の激務で、間の悪いことに人間関係にも歪《ゆがみ》が生じ、心身ともに限界を感じた悠真は去年の年越しを待たずに退職した。

そんな自分がふがいなく、すぐに次の就職先を見つける気力も湧かずにふらふらしていた悠真に声をかけてくれたのが、ヨシミだ。

「気分転換に、ちょっとうちの店でも手伝わない？」と軽い調子で差し伸べられたヨシミの手を取り、この店でバイトを始めてからもう一か月が経《た》つ。

バイトと並行して職業安定所にも通っているが、好きだった仕事を早々に手放してしまった悠真はまだ次の仕事を定められないでいる。もう一度同じような業種にチャレンジすべきなのか、それとも全く違う仕事を始めるべきか。心が決まるまでは、ヨシミの好意に甘えてこの店でバイトを続けさせてもらうつもりだった。

店には悠真の他にも三人のアルバイトがおり、本来なら人手は足りていたはずなのに、わざわざ悠真に声をかけてくれたヨシミには感謝しかない。せめて給料以上に働いて恩を返そうと洗い物を続けていると、背後で店の扉が開く気配がした。

アルコールと料理の匂いが充満した店内に、一月の冷たい風が吹き込んでくる。ヨシミと圭介が「いらっしゃいませー」と唱和して、悠真も少し遅れて「いらっしゃいませ」と声を張り上げた。

黙々と手を動かしていると、圭介が大股でカウンターの裏に入ってきた。また汚れた皿でも持ってきたのかと思いきや、なぜか悠真に体をぶつけるようにして洗い場で足を止める。勢い余って体がぐらつき、何事かと顔を上げたら耳元で低く囁《ささや》かれた。

「魔王が来た」

蛇口から落ちる水がスプーンに当たって、あらぬ方向に水が撥《は》ねた。悠真は慌てて水を止め、肩越しにカウンター席を振り返る。

カウンターの前を、今しがた店に入ってきた客がゆっくりと歩いていく。三十代と思《おぼ》しき男の姿に、自然と店内の視線が集まった。一瞬だけ客の声が途絶え、革靴を履いた男の重たい足音が、やけにはっきり辺りに響いた。

比較的ラフな服装の客が集まるこの店で、男は折り目のついたスラックスに黒いジャケットを着て、手には黒のコートをかけている。全身黒で統一しているだけでも威圧感があるのに、加えて男は体が大きい。背が高く、肩幅も広くて、狭い店内では圧迫感を感じるほどだ。

男は静かな足取りでカウンターの一番奥までやって来ると、誰と目を合わせることもなくスツールに腰を下ろした。少し伸びた前髪から覗く目は鋭い刃物で切り込んだような深い二重で、固く引き結ばれた口はいかにも気難しそうだ。近くにいたヨシミは慣れた調子で男に話しかけているが、男はろくな返事もせず頷《うなず》いて、短く酒を注文している。

「魔王が来ると、なんか店の中がぴりぴりするよな……」

圭介が呟《つぶや》くと同時に、カウンター席に座っていた男がこちらを見た。悠真たちのいる洗い場からカウンターまでは距離があるし、限界まで潜められていた圭介の声が聞こえたわけでもないだろうが、ギクッとして肩が跳ねる。ヨシミがカウンター内に入ってきて、その筋肉質な体で男の視線を遮ってくれなかったら手元の皿を落としていたかもしれない。

「ほら、お喋《しゃべ》りしてないで仕事しなさい」

ヨシミに急《せ》かされ、悠真たちは慌てて自分の仕事に戻る。

客席に背を向けて作業をしていると、なんだか背中がそわそわした。一瞬だけ目が合った男の視線が気になって、まだ見られているのではないかと背筋が強張《こわば》る。

圭介が言う通り、あの客が店に来ると店内の空気が微妙に変化する。悠真たちスタッフだけ

でなく、客の方もなんとなくあの男が気になるらしく、無意識に声を潜めてしまうのだ。

悠真が客としてこの店に通っていた頃は顔を合わせた記憶もないが、最近よく見かけるようになった。平日は現れず、毎週金曜か土曜に顔を出す。他の客とはほとんど喋らず、一時間ほど滞在して帰っていくのが常だ。質《たち》の悪い酔い方をするわけでもなければ会計の際にトラブルを起こすこともなく、カウンターの隅でいつも物静かに飲んでいるだけなのにやけに目立つ。

男の他にも静かに飲んで帰る客はいるが、そういう客が喧騒《けんそう》に紛れて存在感を消していくのとは逆に、男は黙っていても異様なほどの重圧を放った。大柄な体格のせいか、闇をまとったような服装のせいか、あるいは鋭い眼光のせいか、すべて併せて尋常でなく不穏な雰囲気を漂わせている。

この客に、誰ともなくつけたあだ名が『魔王』である。

洗い物を終えた悠真がカウンター内でフードの準備をしていると、魔王が軽く手を上げた。オーダーだ。悠真は内心の怯《おび》えを隠し、口元に笑みを浮かべて男のもとへ向かった。

「お待たせいたしました。ご注文ですか？」

「チーズとサラミを」

大きな体に見合った低い声で魔王が言う。

魔王はいつも必要最低限のことしか喋らない。それでいて、言葉に横柄な響きはない。悠真が、かしこまりました、と頭を下げると、応じるように微《かす》かに頷く。スタッフの顔を見もせず、放り投げるようにオーダーを口にする客よりずっと態度はいいと言えた。

圭介は魔王のことを「絶対金持ち」と言って憚らない。圭介の見立てでは、魔王が身につけている服や靴、時計などは結構なハイブランド品であるらしい。

一体どんな仕事をしている人なのだろう。一介のサラリーマンとは思えない。そもそもあんなに目つきが悪くてサラリーマンなど務まるのか。酒を飲みながらたまに店内へ視線を走らせる魔王の目つきは鋭く、視線の先にいた人物は睨まれたわけでもないのに少し緊張する。相手を品定めするようなその目つきを見て、「実はあの人、人身売買組織の幹部だったりして」とスタッフの一人が冗談を言ったときは、しっくりきすぎて誰も笑えなかった。

薄く切ったチーズとサラミを皿に盛り、悠真は再び魔王のもとに戻る。カウンターの向こうから、どうぞ、と皿を差し出すと、相手も手を伸ばして皿を受け取ってくれた。

「ありがとう」

低い声に、短い言葉。にこりとも笑わないが、しっかりと悠真と視線を合わせるその顔が意外なほど整っていることに気づいたのはごく最近だ。剣呑《けんのん》な目で見詰められると怯《ひる》んですぐに顔を背けてしまいたくなるが、接客業としてそれは失礼だと無理やり目を合わせているうちに気がついた。高い鼻に、薄い唇、彫りの深い二重の目は切れ長で、これでもう少し表情が柔らかかったら美男子の部類に入るのではないだろうか。

惜しむらくは目つきの悪さだ。会釈をして背を向けても、鋭い瞳の印象が強すぎて落ち着かない。いつまでもこちらを見られている気すらしてしまって、悠真は無心で洗い物を続けた。

ヨシミの店の営業時間は、十七時から深夜二時まで。平日は閉店まで居座る客は少ないのだが、週末ともなれば終電を過ぎた時刻でもそこそこ客が残っている。始発の電車が動き出すまでどこかで飲んでいく気でいる客が大半で、閉店間近でも店内のテンションは高いままだ。

「魔王が見てるぞ」

圭介が悠真にそう耳打ちしてきたのは、閉店まで三十分を切り、そろそろラストオーダーをとりに行こうと思っていた矢先のことだった。

カウンターの裏で酒の空き瓶をまとめていた悠真が驚いて振り返ると、圭介がごみを片づけるふりでカウンター裏にしゃがみ込んだ。手招きされ、悠真も一緒に腰を下ろす。

「見てるって、何を……?」

「ミキちゃんのことだよ。今日ずっと見られてたのに、全然気づいてなかった?」

圭介に渋い顔で小突かれ、悠真はカウンターからそっと目だけ覗かせた。

カウンター席にはまだ魔王の姿がある。今日も今日とて魔王は俯《うつむ》きがちに酒を飲んでいて、最初にオーダーを受けた後は声をかけられることはおろか、視線もほとんど合わなかった。

「気のせいじゃない?」

あっけらかんと返してみたが、圭介はもどかしげに「気のせいじゃない!」と首を振る。

「ミキちゃんが怖がると思って言わなかったけど、前々から魔王、ミキちゃんのことよく見てるんだって。他のスタッフだって気にしてるくらいだぞ。気づいてないの鈍感なミキちゃんくらいだから。あれ完全に獲物を狙う獣の目だよ！」

小声で話し込んでいたら、ヨシミが客席から首を伸ばしてカウンター裏を覗き込んできた。

「あんたたち、いい加減にしないと給料減らすわよ」

若干据わった目でヨシミに睨まれ、悠真と圭介は慌てて立ち上がり仕事に戻った。

悠真はカウンターを出て客にラストオーダーを聞いて回りながら首を傾《かし》げる。

ここがゲイバーである以上、客から粉をかけられることも珍しくはない。だが、魔王とはろくに会話をしたこともないし、見られていると思ったことすらないのだが。

圭介が妙なことを言うものだから、魔王の席に向かうのを後回しにしてしまった。

「ラストオーダーになりますが、ご注文はございますか？」

いつもはカウンターの内側から声をかけることが多いのだが、今日はフロアを回っていたので魔王の横から声をかけた。

すっかり氷の溶けたウィスキーを飲んでいた魔王がこちらを向く。いつもなら無言で首を振られて終わりだが、今日の魔王は違った。悠真を見上げたきり何も言わない。

いつにない行動にどきりとした。魔王の顔に表情はなく、喜怒哀楽が全くわからない。この場を立ち去っていいのかどうかもわからず戸惑っていると、ようやく魔王が口を開いた。

「店は、二時までか」

「え、は、はい。二時に閉店になりますので、ラストオーダーを……」

「店が終わったら、君は？」

魔王がオーダー以外のセリフを口にするのは珍しく、不意打ちに質問の意図を捉え損ねた。

「店、が終わったら、俺は……帰ります、が」

答えながら、この回答で合っているのかと冷や汗をかいた。仕事が終わったら帰るのは当然で、もっと重大なことを訊《き》かれたのでは、とはらはらしたが、魔王は表情を変えることなくいいらしい。

「そうか」と言った。それ以上の言葉がないところを見ると、とりあえずオーダーストップで
悠真はカウンターの裏に戻ると、新たに注文の入った飲み物を作ってカウンターの上に置いていく。すぐに圭介とヨシミが各テーブルに飲み物を運んでいって、一息ついたところで目の端で黒いものが動いた。魔王だ。

悠真と目が合うと、魔王は「会計を」と短く告げて財布からカードを取り出した。

先程の会話はなんだったのだろう。不思議に思いながらも決済処理を行ってカードを返すと、スツールから立ち上がった魔王が出し抜けに言った。

「店が終わった後、会えないか」

悠真はカードを差し出した手の形もそのままに、ぽかんとした顔で魔王を見上げる。なんで、

という言葉が頭に浮かんだが、それは喉の奥で膨張するばかりで声にならない。

「近くの公園で待っている」

無言で立ち尽くす悠真に構わず一方的に告げ、魔王は悠真の返答を待つことなく店を出ていってしまった。

「…………近くの公園って⁉」

悠真は呆然《ぼうぜん》とその背中を見送って、三回ほど瞬《まばた》きをしてからようやく我に返る。

いろいろと言いたいことはあったのだが、最初に口から飛び出したのはそんな言葉だ。ざっと頭の中で地図を広げただけでも、駅の近くに一つと、駅とは反対方向に一つ、それからもう一つくらい近所に公園があった気がするが、どれのことを言っているのか。

追いかけて尋ねようかと思ったが、そもそも悠真が公園に行く理由はない。しかし行かないとも言っていない以上、公園に向かわなければ約束を反故《ほご》にしたことになるのだろうか。

やはり追いかけよう、と出口に向かいかけたところで、テーブル席の客が「お会計お願い！」と声を張り上げた。圭介とヨシミは同じテーブルについて、もはやスタッフだか客だかわからない様子で酒を飲んでいる。二人に会計を任せるのは無理そうだ。悠真は飼い主を見失った犬のようにレジと出口の間を行き来してから、やけになってレジに戻った。

残りの客も立て続けに会計を済ませ、閉店時間を少し過ぎたところで店から客の姿が消えた。

「あー、やだ、今日も飲みすぎてデブになる。帰ったら筋トレしよ。あんたたちもお疲れ様」

店の外にCLOSEDの看板をかけたヨシミが、伸びをしながら店内に戻ってくる。圭介は早速テーブルを片づけて回り、汚れた皿を重ねてカウンターに置いた。

「そういえばミキちゃん、珍しく魔王に声かけられてたみたいだったけど大丈夫だった?」

「圭介あんたねぇ、お客さんに妙なあだ名つけるのやめなさいよ」

「だってあのお客さんの見た目、魔王みたいじゃないっすか。じゃなかったら若頭?」

ケタケタと笑いながら、「だよな」と悠真に同意を求めてきた圭介だったが、悠真が青い顔で立ち尽くしていることに気づくと笑みを消した。ヨシミも異変を察したのか、「どうかしたの?」と心配顔で悠真に近づいてくる。

悠真は強張った表情で二人を見て、実は、と重たい口調で切り出した。

「その……魔王に、店が終わったら会おうと言われてしまって」

悠真の言葉が終わらぬうちに、圭介とヨシミがカウンターの向こうから身を乗り出してきた。

「やっぱりあの人、ミキちゃんに気があったか! で、なんて答えた? まさか行くって言ったとか?」

「それが、こちらの返事も聞かず『近くの公園で待ってる』って言われて……」

「どこよ近くの公園って。連絡先は? 教えてもらってないの? だったら行く必要なんてないわよ」

「でも俺、驚きすぎてうっかりあのお客さんにレシートを渡し忘れてしまって、届けに行った方がいいんじゃないかと」

「いらないだろ、そんなもん」と圭介が鼻息を荒くする。「どうしても必要なら戻って来るわよ」とヨシミも切って捨てたが、自分のミスであるだけに気がかりだ。

それより何より、一方的に約束を取りつけたあの男が、今この瞬間も公園で自分を待っているのかと思うとひどく落ち着かない気分になった。

一月の初旬、深夜に吹く風はさぞ冷たいことだろう。約束に応じる義理はないが、こちらがはっきりとした返事をしなかったがゆえに長時間待ちぼうけを食らわせるのは気が咎《とが》めた。

それからもう一つ、悠真には気になることがある。

「約束をすっぽかされたあの人が、この店に因縁をつけてくる――なんてことは、ありませんか、ね……？」

おっかなびっくり尋ねると、威勢のいいことを言っていたヨシミと圭介が同時に口をつぐんだ。それまでは耳にも入ってこなかった換気扇の音が、急に鮮明に浮かび上がる。

相手は悠真がこの店で働いていることを知っている。下手に不興を買ったりしたら、後から店に乗り込んでくるかもしれない。堅気には見えない魔王の強面《こわもて》を思い出したのか、ヨシミと圭介からもすぐには否定の言葉が出てこなかった。

迷うように視線を揺らす二人を見て、悠真は汗ばんだ手を握りしめた。

「俺、公園に行ってきます」

「……えっ、やめとけよ」

先程よりは勢いを失った声で圭介が止めてきたが、悠真はしっかりと首を横に振り、ヨシミを見上げて「行ってきます」と繰り返した。

会社を辞め、目的を見失って漫然と生活していた悠真に声をかけてくれたのはヨシミだった。たまに店を訪れる客でしかなかった悠真をアルバイトとして雇ってくれて、睡眠も食事も疎かにしがちな悠真に、毎日のように賄いまで食べさせてくれたのだ。

ヨシミと、ヨシミが大切にしている店の迷惑にはなりたくない。

頑として譲らない顔の悠真を見て、ヨシミが何か言おうと口を開いたその瞬間、店の扉を外から誰かが勢いよく叩《たた》いた。

叩くというよりは殴るといった方が近い音に、悠真たちは飛び上がって互いの体を摑《つか》み合う。いよいよ魔王が戻ってきて「どれだけ待たせるつもりだ」と因縁をつけにきたのかと身構えたが、ドアの向こうから響いてきたのは「ヨシミママ〜」という情けない男の声だ。

ヨシミが恐る恐るドアを開けると、少し前に店を出て行ったはずの客が、関節のない軟体生物さながらドアの隙間から店内に滑り込んできた。慌てて抱き止めたヨシミに「鍵なくしちゃって家に入れないよぅ」と泣きついている。

「店に来るまではあったんだ。だからきっと、ここでなくしたと思うんだけど……」

「あんたはもう、だらしないわねぇ！　一日くらい野宿でもしなさいよ！」

「一月に野宿なんてしたら死んじゃうよぉ！」

　ヨシミと客が店の奥で鍵を探し始める。それに続こうとした圭介を悠真は引き留めた。

「俺、このまま公園に行きます。あんまり待たせると相手の機嫌を損ねるかもしれないので」

「えっ、マジで行くのかよ？」

「用件がよくわからないんですが、話が終わり次第戻って店の後片づけもしますから」

「馬鹿、そんなのどうでもいいんだって！　それに用件なんて決まってんだろ、公園に行ったらそのままホテルに連れ込まれるぞ！」

　圭介の言うことはもっともだ。ゲイバーで酔った客は妙に気が大きくなって、偶然居合わせた客やスタッフに色目を使うことも少なくない。そういうときは即物的なつながりを求めてくることがほとんどだった。

「最悪は殴って逃げます！　そういうつもりじゃなかったって、ちゃんと説明しますから！」

「ミキちゃんの華奢な腕でどんなパンチ繰り出す気だよ！　魔王だってそんな言い訳聞いてくれるかどうか……」

「聞いてくれるかもしれないわよ」

　悠真たちの会話に割り込んできたのは、店の奥で客と鍵を探していたヨシミだ。ソファーの背もたれと座面の隙間に手を突っ込みながら、悠真たちを振り返って言う。

「ミキ、あんたその顔を活かして全力で純情無垢《むく》な天使を演じなさい。相手の下心なんて微塵《みじん》も気づいてなかったって顔で、ホテルに誘われでもしたら怯えて泣くふりするの」

「ええ?」と声を揃《そろ》えた悠真と圭介を見て、ヨシミは自信たっぷりに言った。

「あのお客さん、お店で働いてるあんたを見て声をかけてきたんでしょ? 接客中のあんたは正真正銘天使みたいに見えるんだから、そのキャラを貫き通しなさい。相手が自分の下心を恥じるくらいの清廉潔白なキャラクターになり切って乗り切るのよ!」

無茶な、と思ったのは圭介も悠真も一緒だったが、手っ取り早く実行できる手段は今のところ他にない。それに、純情ぶって泣いたり怯えたりする相手なんて面倒くさくて魔王も嫌がるのではないか。あの冷淡そうな外見から察するに、きっと割り切ったワンナイトラブをご所望だろう。悠真が聞き分けなくぐずってみせれば億劫がって手を引くかもしれない。

一縷《いちる》の希望も湧いてきて、何か危険が迫ったらすぐ連絡すると約束して悠真は店を出た。ヨシミたちも、客の鍵を見つけたらすぐに公園に駆けつけてくれるそうだ。

外に出た途端、乾ききった冷たい風に頬を打たれて身が竦んだ。急いでいたので上着を忘れてしまったが、取りに戻っていたら魔王に会いに行く決心が鈍ってしまいそうだ。無理やり足を動かし公園へ向かう。

公園、と言われてぱっと思いつくのは駅の近くの公園と、駅とは逆方向にある公園の二つだ。駅近くの公園は広くて遊具も揃っており、もう一方はベンチと砂場があるだけの小さな広場のような場所だった。どちらも店からの距離はさほど変わらないが、施設が整っている分、駅前の公園で待っている可能性が高いだろうか。だが、万が一ということもある。

吹きつける風の冷たさに奥歯を震わせ、悠真はひとまず駅とは反対の公園へ向かった。園内に人影がないことを確認したらすぐ駅前に向かえばいい。そう算段して公園に駆けつけた悠真だったが、小さな公園のベンチに魔王が座っているのを見て腰を抜かしそうになった。

まさかこちらにはいないだろうと思っていただけに、心の準備ができていない。入り口で立ち尽くしていると、魔王がこちらに気づいた。ベンチから腰を浮かせたその姿を見て、悠真は大慌てで公園に駆け込んだ。

「すみません！　お待たせしました！」

魔王に駆け寄り、腰を直角に折って頭を下げる。まさか本当にこの寒空の下で待っているとは。三十分も待ちぼうけを食らわせてしまった。

恐る恐る顔を上げると、無表情の魔王と目が合った。黒いコートの裾をはためかせてこちらを見下ろすその顔は、圭介が言う通り魔王か若頭にしか見えない。それに、カウンターを挟まず向き合うと、改めて互いの身長差がよくわかる。小柄な悠真の視線が相手の肩にぶつかって跳ね返されるくらいだ。魔王の身長は百八十を軽く超え、もしかしたら百九十に届いてしまうかもしれない。

（うわあ……こえぇぇ……）

心の声まで震え上がる。これは一方的にこちらの用件を済ませて立ち去るのが最善と見た。

客に天使とほめそやされた満面の笑みで乗り切るべく、悠真は無理やり唇の端を持ち上げる。

「お客様、レシートをお忘れでしたのでお届けに参りました！」

笑顔でレシートを差し出した悠真は、相手がそれを受け取るや否や全速力で踵《きびす》を返した。用は済んだとばかりその場から逃げ出そうとしたが、後ろから肩を摑まれ阻まれる。

（うわ、こ、これは、悲鳴を上げるべきか!?）

急に触ってくるなんて不潔です！　と涙目で叫んで逃げるか。いや、さすがに二十歳もとうに過ぎた男がそれは痛いか。いやいや、天使キャラなんて言ってる時点で十分痛い、腹をくくれと己を鼓舞して大きく息を吸いこんだそのとき、肩から魔王の手が離れ、代わりにふわりと温かなものが背中を包んだ。

驚いて振り返ると、魔王が自分の着ていたコートを脱いで悠真の肩にかけていた。

「え、あ、あの……？」

「着てくれ。そんな薄着では風邪をひく」

「でも、貴方《あなた》は……」

「俺はいい。ジャケットも着てる。それより座ってくれないか。仕事が終わってすぐに来てくれたんだろう。すまない、そちらの都合も聞かずに」

そう言って、魔王は率先してベンチに腰を下ろした。

コートを肩に掛けたまま、悠真は唖然《あぜん》と魔王を見下ろす。なんだろう、この、少女漫画に出てきそうなシチュエーションは。

　こちらの用向きだけ済ませたら逃げてしまおうと思っていたのに、着せかけてもらったコートを脱ぎ捨てて逃走するなんてさすがにできない。それに下手なことをしたら、「せっかくの人の親切を」と血走った目で追いかけてこられそうで怖くもあった。

　なすすべもなく、悠真は魔王の隣に腰を下ろす。コートはぶかぶかで肩が落ち、袖が手の甲の半分を隠してしまうが、それでいて重さや硬さを感じない。ふわりと包み込まれるような温かさを感じ、これがブランド物の神髄か、と場違いに感心した。

　魔王は悠真に横顔を向け、黙りこくって身じろぎもしない。真夜中の公園は人気《ひとけ》がなく、動くものもなく静かだ。街を吹き渡る風の音だけが絶えず辺りに漂っている。

　沈黙の中、悠真は爪先を小刻みに動かして地面を掻《か》いた。柔和な顔立ちをしているせいかおっとりした性格と思われがちな悠真だが、実際はそれほど気が長くない。とっとと話をつけてしまおうと、小さく咳《せき》払いをしてから男に顔を向ける。

「あの、早速なんですが、僕に一体どんなご用が……？」

　ゲイバーで働いているくせにしらじらしい、と我ながら鼻で笑ってしまいそうだったが、辛うじて笑い出さずに済んだのは、久々に使った『僕』という一人称があまりにも舌に馴染《なじ》んでいて、寒さに関係なく背筋に震えが走ったからだ。『僕』という言葉一つで身も心も過去の自分に引き戻されそうになって、ベンチの下で足を踏ん張った。

悠真の言葉に反応して、傍らに座る魔王がのそりと動いた。大きな山が動くように、顔だけでなく上半身ごとねじってこちらを向く。

「まず、自己紹介をさせてくれ。峰守重次《みねもりしげつぐ》、三十歳だ」

よろしく、と軽く頭を下げられ、悠真もつられて頭を下げ返した。が、なぜ自己紹介をされたのかわからない。再び顔を上げた魔王——ではなく峰守は、表情もなく悠真を凝視している。

こちらも自己紹介を促されているのだと気づき、悠真は忙《せわ》しなく目を瞬かせた。

防犯上、本名など教えない方がいいのでは、とも思ったが、自分は今、ゲイバーの客から呼び出された理由すらよく理解していない純真無垢な天使キャラを演じている。ここで警戒心をむき出しにしてはキャラ設定に矛盾が生じそうだし、だからと言ってとっさに偽名を考えるほどの機転も利かず、悠真は小声でぼそぼそと答えた。

「三城悠真です。年は、二十四です」

「……苗字がミキ？」

問い返す峰守の声は低い。前髪の隙間から覗く目はぎらぎらとした刃物を連想させる鋭さで、偽名など使わなくてよかったと心底思った。見詰められるだけでプレッシャーが凄《すさ》まじく、嘘などついていたらものの二秒で撤回していたに違いない。

「そ、それで、今日は本当に、どんなご用件で……？」

震える声を押し殺して尋ねると、峰守に無言で凝視された。何か気に障ることでも言ったかと身を固くしたが、峰守はふいと悠真から目を逸《そ》らし、また正面に顔を戻してしまう。

薄暗い公園に視線を漂わせて黙り込むことしばし。ややあってから、峰守が唇の隙間から白い息を吐いた。

「……カウンターに座っていた客同士の会話を、今日、偶然耳にした。その客は、ずっと君にアプローチをかけようとしていたそうだ。今日やっと君がフリーだとわかったとはしゃいでいた。俺は途中から話を聞いていたからわからないが、実際のところ君に恋人はいないのか？」

峰守の目がこちらを向く。長々と喋る峰守を見るのは初めてで、しかもその声が予想外に耳に心地よかったものだから、頷くまでに少々タイムラグが生じてしまった。

喧騒に包まれた店の中ではよくわからなかったが、峰守の声は低いばかりでなく、独特の深みがある。大きな体全体に響くような声は、大型弦楽器のコントラバスを連想させた。どっしりとした重低音に、ふとした瞬間、色気が交じる。

依然状況は不明のままだし、峰守の会話がどこに着地するのかも見当がつかなかったが、起伏の少ない低い声に耳を傾けていると少しだけ気持ちが落ち着いた。

峰守は前を向いたまま、ぽつぽつと喋り続けている。

「その客は、近々君の恋人に立候補してみるつもりだ、と言っていた。それを聞いて、俺は、いてもたってもいられなくなった」

抑揚の乏しい声で、峰守は雨だれのように途切れ途切れに言葉をつなぐ。感情の窺《うかが》いにくい低い声に、苦しげな息遣いが混ざって悠真は視線を上げた。見上げた先では、峰守が眉間に深い皺《しわ》を寄せた険しい表情をしている。状況がわからず大人しく次の言葉を待つしかない悠真の前で、峰守は自身の膝に肘をついた。

「後れをとりたくない、と思った」

峰守が体を前のめりにして、遠くにあったその横顔が悠真の目線の高さまで下りてきた。悠真が峰守の顔色に気がついたのはそのときだ。暗がりの中、峰守の頬は赤く染まっている。

「俺も、ずっと君を見ていたんだ。なのに何も伝えられないまま、他の誰かに先を越されてしまうなんて惜しい気がして……。せめて俺の気持ちだけでも伝えたいと思ったら気が急いた。君の都合も聞かずに呼び出してしまって、申し訳ないことをした」

峰守は一向にこちらを見ようとしない。軽く眉を寄せ、まっすぐ前を向いたその横顔は不機嫌そうにすら見えるが、鼻先が赤い。寒さのせいだろうか。そうかもしれない。だったら、耳が赤いのもそうなのか。目の周りが赤いのも？

峰守が深く息を吐く。唇の先で夜気が白く凝って、ようやくその目がこちらを見た。

前髪に隠された目元が暗く翳《かげ》っている。それでいて目の周りは仄《ほの》かに赤い。

峰守は膝の上で両手を固く組み合わせると、喉の奥から硬くて大きなものを無理やり押し出すような、苦しそうな表情でこう言った。

「君のことが……好きなんだ。俺と、つき合ってもらえないだろうか」

目の端に峰守の手が映る。骨ばった指先を固く握り合わせたその仕草から相手の緊張が伝わってきて、悠真は限界まで目を見開いた。

ゲイバーに通っている客に呼び出されたのだ。用件など端《はな》から予想がついていたはずなのに、心臓を指先で鋭く弾《はじ》かれたような驚きが走って声も出ない。

同性から告白されたのは初めてではないが、みんなもっと軽い調子で、「俺とつき合ってみない？」なんて言ってくるのがほとんどだった。万が一悠真が断ったとしても、冗談だよ、と笑い飛ばせるくらいの軽薄さで。

それに比べて、峰守のこの重々しい態度はどうだろう。

無表情なのに、指先の仕草や強張った背中、悠真に注がれる視線の熱っぽさから、峰守が本気で緊張して、固唾《かたず》を呑《の》んで返事を待っているのがわかる。

（なんでこんなに、必死な目で――）

峰守のような大柄で強面な男が、乞うように悠真を見ている。

魔王じゃない、と悠真は瞬《しばたた》く。若頭や、人身売買組織の幹部でもなく、この人は単に地顔が怖くて口下手なだけの、善良な一市民なのではないか。

さんざん魔王と呼んでいた男の本性を垣間《かいま》見た気がして絶句していると、峰守が控えめに悠真の顔を覗き込んできた。

「……返事を聞かせてもらっても？」

低い声も、眉間に皺を寄せた峰守の顔も怖い。だが峰守は、乱暴な言葉遣いで悠真を威圧したり、強引に話を進めようとしたりしない。振る舞いは至って常識的だ。

（これは……普通に断っても大丈夫な感じか……？）

思案しつつ口を開いた悠真だったが、悠真の唇が動いただけで峰守が大きく身を乗り出してきて、びくっと肩を跳ね上げてしまった。

「……す、すまない」

峰守は慌てたように身を引いて小さな声で呟く。悠真の返事を待ち焦がれるあまり、つい体が動いてしまったようだ。横顔は、夜目でも見間違えようがないくらいに真っ赤だった。

こんなにも神経を張り巡らせ、峰守は自分の一挙手一投足を見ている。悠真の答えを待ちわびている。そう理解した瞬間、肩から羽織ったコートの下で、全身の毛穴がぶわっと広がるような錯覚に見舞われた。

これまで悠真に告白してきた相手の中で、これほど熱心にこちらの返事を待っていた者がいただろうか。いないはずだ。冗談の延長のように口説かれるのがほとんどだった。

初めての経験に高揚して心臓が弾む。そんな反応に自分で戸惑った。

（い、いや、だからって、ここで即オーケーするとかないよな？　ないだろ！　だって俺、この人のこと良く知らないし、見た目だって、なんか怖いし……）

こんなにも不穏なオーラをまとった男の告白を気安く受け入れていいはずがない。峰守は当初危惧していたほど話の通じない相手ではなさそうだが、若頭や人身売買組織の幹部といった裏社会の人間である可能性も否定しきれないのだ。

さりとて真っ向からお断りなどしてしまっては、腹いせに何をされるかわからない。

この窮地を脱するにあたり、役に立ったのはヨシミの助言だ。天使、という単語が頭を過《よぎ》った瞬間、これ以上ないほどの返しを思いついた。

「お……お友達から、お願いします！」

真っ向から相手の言葉を否定することなく、それでいて遠回しなお断りに近い返答だ。いつだって告白の返事はイエスかノーの二択、白黒はっきりつけたい悠真だが、今回ばかりは仕方ない。あとはにっこり笑って逃げ出そうと腰を浮かせかけたら、峰守の表情が急変した。

峰守の眉間の肉がぐっと盛り上がり、こちらを見る目の奥に火花が散った。唇は歪み、今にも襟首を摑まれそうな形相に怯んだ悠真はヒッと喉を鳴らす。

これは憤怒《ふんぬ》の表情か。ここまでの比較的穏やかな態度は演技か何かで、告白に対する答えは「喜んで！」の一択だったか。失敗した。

嘘です、冗談です、こちらこそ何卒《なにとぞ》よろしくお願いします――と、怯えて縮こまる舌を無理やり動かし言おうとしたら、峰守に勢いよく腕を摑まれた。

「ぎぇっ！」

「いいのか！」

　恐怖のあまり悠真の口から怪鳥めいた悲鳴が漏れたが、幸い峰守の大声にかき消された。峰守は相変わらず眉間を狭めたまま、悠真を取って食いそうな勢いで身を乗り出してくる。

「てっきり断られるかと思った……！　かなり強引に連れ出してしまったし」

「えっ、こ、断っても……!?」

　よかったんだ、と思ったところで後の祭りだ。前言を撤回することもできず口をパクパク動かしていると、峰守が安堵《あんど》したように真っ白な息を吐いた。

「よかった、本当に……。改めて、お友達からよろしくお願いします」

　悠真の腕を摑んでいた手をほどき、峰守が律儀に頭を下げてくる。悠真も一緒になって頭を下げ返しながら、あれ、と思った。

（『お友達から』って、体のいい断り文句だと思ってたけど……もしかして、お友達から恋人に昇格する前提でつき合いを始めるってことなのか……？）

　そんなつもりはなかった、などとはもう言えない。顔を上げた峰守にせめて言い訳めいたものを言おうとしたが、それまで仏頂面しか見せなかった峰守が、悠真と目を合わせた瞬間面映《おもは》ゆそうな顔で小さく笑ったのを見て声を吞んだ。

（ぐぅ……っ！　ほ、本気で喜んでるっぽい……！）

　最初の印象が魔王なんて不穏極まりないものだっただけに、ささやかな笑顔をちらつかされただけで好感度が急上昇してしまった。この笑顔はあまり直視しない方がいいぞ、と直感的に思って視線を落とすと、峰守が右手を差し出してきた。

告白の後、キスでもハグでもなく握手を求められたのは初めてだ。この手を握り返したら告白を受け入れたことになるのだろうか。そんな疑念も浮かんだが、峰守の手を宙に浮かせたままにさせておくのもなんだか申し訳ない。

(まあ、友達のまま終わる可能性もあるんだし、いいか……?)

まだ心が定まらないまま、悠真はふらふらと片手を伸ばす。頼りなく闇をさまよう手は峰守にがっしりと摑まれ、人気のない夜の公園で、二人は固い握手を交わしたのだった。


真夜中のラブレター、という短い言葉には、様々な訓戒が込められている。

夜は副交感神経が働いて、理性より感情が優先される。気持ちが昂《たか》ぶり、普段の冷静な判断が出来なくなって、ほとばしる情熱のまま恋心を手紙に書き綴《つづ》ってしまう。そして翌朝、自分らしからぬポエミーな文面を目の当たりにして憤死しそうになるのだ。

その他にも、普段なら流せるSNSのコメントに嚙《か》みついてしまったり、うっかりネットで不要な買い物をしてしまったりと、夜中に何かやるのはよろしくない。夜は寝ろ。恋文など書くべきではないし、重大な結論を下すなどもってのほかだ。

峰守から告白された翌日、悠真もまた真夜中に書いたラブレターを朝日の中で読み返すがごとく、自宅アパートのベッドの上で前夜の自分の行動を激しく後悔する羽目になった。

あの晩、公園で峰守と別れて店に戻ると、ちょうど中からヨシミと圭介が出てきた。客がなくした鍵をようやく見つけ——鍵は客の財布の札入れに入っていたそうだ——悠真を探しに行くところだったらしい。

心配顔の二人に、悠真は峰守に告白されたことや、お友達になって互いの連絡先を交換したことなどを報告した。最後に、「思ったよりも悪い人じゃなさそうでした」と話を締めくくった悠真に、二人は口を揃えて「あり得ない」と言った。

「そもそもその場で告白を断らないのがあり得ないわよ。天使キャラを貫けとは言ったけど、あんたがやってるのは天使じゃなくて八方美人じゃない。そこは無垢な顔ですっぱりきっぱりお断りするのが筋でしょう」

「俺は魔王が紳士的っていうのが信じられない。告白されて、お友達になって、最後は握手だけして帰った？　嘘だろ、どこの中学生だよ。ミキちゃんのこと油断させるために絶対キャラ作ってるって！」

「そうよ、お友達から、なんて子供だましが通用する相手とは思えないわ。ああいうタイプは、顔と金を武器に男を食い散らかしてるのよ。引く手あまたで間違いないんだから」

「えっ、全身ブランド物で固めてるから金は持ってるだろうけど、顔はむしろ怖いんじゃ？」

「やぁね、圭介は見る目がないんだから。あの人、愛想はないけど顔の作りは整ってるわよ。

軽い気持ちで手を出したら火傷《やけど》しちゃうタイプじゃないかしら」

二人は悠真に口を挟む余地すら与えず好き勝手喋り続け、最後は満足したのか「まあ危ない目には遭わないようにね」とだけ言って帰り支度を始めた。この状況を心配しているのか面白がっているのかわからない様子だったが、帰り際にヨシミに耳元でこう囁かれたときはぎくりとした。

「ああいうとっつきにくそうな男にちょっと甘い顔されただけで、ころりと落ちちゃう子も多いのよねぇ」

あんたもそうなんじゃないの？　と言外に問われて二の句が継げなかった。峰守がちらりと見せた、はにかんだような笑みにほだされたのは事実だったからだ。

それでもヨシミの店ではまだ、悠真は自分の選択をさほど間違ったものだとは思っていなかった。

冷静になったのは翌朝だ。たまに店にやってくる客、という程度のことしか知らない相手に気を持たせるような返答をしてしまったのはさすがに軽率だった。

やはり真夜中に何か決断するのはよろしくない。峰守とは距離を置こう、と思っていたにもかかわらず、あの告白劇から数日後、なぜか悠真は峰守と一緒に出掛ける約束をしてしまった。

これもまた、真夜中の失策だったと言わざるを得ない。というのも、峰守は意外なほどマメにメッセージアプリから連絡をくれるのだ。それも大抵、悠真がバイトを終える深夜に。

仕事を終えて家に帰る頃、『お疲れ様』なんて何気ないメッセージが届くとなんだかほっとする。メッセージを無視して相手の機嫌を損ねても怖いし、と自分に言い訳をしつつぽちぽち返事をしていたら、いつの間にか週末に出かける流れになっていた。

そうして迎えた土曜日の正午、悠真は緊張した面持ちで待ち合わせ駅の改札前に立っていた。

（……なんで俺、あの人とデートすることになったんだろう）

峰守を待っている今でさえ、なぜこんな展開になっているのかよくわからない。文面でのやり取りだと峰守の強面を目の当たりにしないで済むせいか、気づかぬうちに警戒心が緩んでいたのだろうか。今更ドタキャンするだけの勇気もなく、悠真は深い溜息をつく。

今日の悠真はジーンズに白のセーターを着て、カーキのダウンコートを羽織っている。足元はスニーカーで、一見すると大学生にしか見えない。

自分の童顔ぶりは自覚しているので、恋人と会うときは極力子供っぽい服装を避けるようにしているのだが、今日は敢《あ》えて学生時代と変わらぬ服装で家を出た。峰守とデートをすると知ったヨシミが「性の匂いのしない純朴な雰囲気で行きなさい。でないといきなりホテルに連れ込まれるわよ」とさんざん脅してきたせいだ。

落ち着かない気分で峰守を待っていると、待ち合わせ時間ぴったりに峰守がやってきた。

峰守は店に来るときと同様、全身を黒で統一している。Vネックのセーターにスラックスを穿《は》き、チェスターコートも黒。首元に巻いたマフラーが辛うじてグレーだ。

土曜の駅前は人が多いが、周りを歩く人たちより峰守は頭一つ背が高いのでやたらと目立つ。そうでなくとも顔が怖い。

がっしりした顎のラインと、硬く引き結ばれた唇。眉も鼻筋も直線的で、おまけに眉間には軽く皺が寄っている。何より目つきが鋭い。辺りに視線を走らせているだけなのに、犯罪者が抜け目なく周囲を警戒しているように見えてしまう。

（……さすがに犯罪者はひどいな）

魔王よりひどい言い草ではないか、と密《ひそ》かに反省していたら、峰守が悠真に気づいた。目が合うなり歩幅がぐんと広くなり、大股でこちらに近づいてくる。

「すまない、待たせてしまって」

まだ足も止めぬうちから峰守が言う。こちらを気遣ってくれる言葉とは裏腹に、峰守の表情は険しいままだ。一週間ぶりに顔を合わせたというのににこりともしない。公園での別れ際に見た、あのはにかんだ笑顔は何かの見間違いだったのではないかと不安になる。

「早速だが、先に食事でいいか」

「はい、もちろん。ちなみに、お店は……」

「予約してある」

「わ、わあ、ありがとうございます」

悠真は引きつった笑顔で礼を述べる。一体どんな店を予約してくれたのか見当もつかない。

とんでもない高級店か、はたまた料理の代わりに怪しいハーブなど出す店か。

悲壮な覚悟を決めて峰守についていった悠真だったが、駅から五分ほど歩いて到着したのは、見るからに怪しげな地下のバーでもなければ、ドレスコードを気にしなければいけない超高級レストランでもない。カジュアルな雰囲気のイタリアンレストランだった。

レンガ調の建物の外壁に巻きつく石階段を上り、二階の入り口から店に入る。ダークブラウンのウッドテーブルが並んだ店内は広々として、通りに面した大きな窓から冬の穏やかな日差しが射し込んでいた。悠真たちが通されたのは窓際の席で、眼下を通り過ぎる買い物客の姿がよく見える。

客は女性とカップルがほとんどだ。遠くの席で、ときどきぱっと華やかな笑い声が上がる。

「どうぞ」

テーブルに用意されていたメニューを峰守から差し出されて慌てて受け取る。料理の内容も料金もごく一般的で胸を撫《な》で下ろしていたら、峰守がドリンクメニューをテーブルの中央に滑らせてきた。

「アルコールもあるから、好きに頼んでくれ」

お、と思わず身を乗り出した。一見したところ、ワインの種類が豊富そうだ。

（あー……、飲みたいな）

こんな雰囲気のいい店で、昼間から美味《うま》い酒など飲めたらどんなにいいだろう。

童顔気味なせいかあまり酒が飲めないと思われがちな悠真だが、その実態はザルを超えたワクである。まともに酔ったためしがない。

酒なら種類の別なく好きだ。ワインも焼酎も、日本酒もいける。いっそボトルを頼んでしまいたいところをぐっとこらえ、悠真は食後のコーヒーのみ頼むことにした。自分はボトル一本では酔わないが、一緒に飲んでいる峰守が酔った勢いで強引に迫ってきたりしたら面倒だ。峰守も無理に酒を勧めてくることなく、自分は食後に紅茶を頼んでいた。

程なく、注文した料理を店員が運んできた。悠真が頼んだのは真蛸《まだこ》のトマトソースパスタ、峰守は牛リブロースのラグーパスタだ。

店の雰囲気は落ち着いており、天井が高いせいか解放感もある。視線を転じれば通りを歩く人が見下ろせて、その上料理も文句なく美味い。

残念な点があったとすれば、峰守との会話がほとんど弾まなかったことくらいだ。お互い話題を見つけることができず、運ばれてきた料理を黙々と咀嚼《そしゃく》するばかりだった。

悠真も最初の一口を食べたときは「美味《お》しいですね」と峰守に声をかけてみたが、返ってきたのは無言の頷きだけだ。本当に美味いと思っているのかわからないほど無感動に口を動かす峰守を見たら、それ以降は料理の味について言及する気にもなれなかった。

会話の糸口を探すことは放棄して、悠真は白いセーターにパスタのソースが撥《は》ねないよう、注意深くフォークを動かすことに専念する。

（……峰守さんの素性とか、この機会に訊いてみたかったんだけど）

この一週間、メッセージアプリでやり取りを続ける中で、峰守が日中に働いているらしいという見当くらいはついたが、その仕事内容は一切不明だ。しかし深掘りするのもなんだか怖い。普通の会社名でも答えてくれればいいが、まかり間違って反社会勢力に準ずる団体名など口にされたらどう反応すればいいかわからない。藪蛇《やぶへび》、という言葉が頭を巡る。

結局ほとんど会話もなく、お互いそこそこ食べるのが早いこともあって、入店から一時間足らずで店を出ることになってしまった。

レストランの階段を下りながら、悠真は前を行く峰守の背中を見詰める。

（これ、デートなのか？）

デートにしては、峰守は楽しくなさそうだ。食事の最中もふいに眉根を寄せたり、悠真から目を逸らしたりして、いっそ不機嫌そうにすら見える。そのたび悠真はびくびくして、まだ一時間しか経っていないというのにだいぶ神経を擦り減らしていた。

次は一体どこに連れていかれるのだろう。行き先不明なまま連れ回されては疲弊するばかりだと、悠真は思い切って峰守を呼び止めた。

「み……っ、峰守さん！」

峰守が階段の途中で立ち止まってこちらを向いた。悠真もその場で足を止め、押し殺した声で峰守に告げる。

「あの、突然なんですけど、実は僕……誰かとおつき合いしたこと、ないんです」

当然、嘘である。嘘だけれど、牽制《けんせい》にはなるかもしれない。

表情もなく瞬きをする峰守を見下ろし、悠真は一段一段階段を下りていく。段差のおかげでようやく目線が同じ高さに並んだ峰守に、悠真は声を潜めて囁いた。

「だから、この後の行き先は全部峰守さんにお任せします。どこでも好きなところに連れて行ってください」

峰守が小さく目を見開いた。迷うように瞳が揺れる。

その様子を、悠真はじっくりと観察した。

きっとこれで、峰守の本性がはっきりする。経験のない悠真を言いくるめてホテルに誘い込むのか、はたまた未経験者は面倒くさいと放り出すのか。峰守が反社会的な組織に属していた場合、怪しい仕事を紹介される展開もあり得る。あるいは本当になんの下心もなく、まっとうに悠真とおつき合いをしたいと思っているということも、ことによってはあるかもしれない。

とにもかくにも無防備に主導権を渡した自分を、峰守がどう扱うのか見たかった。

峰守は瞳の揺らぎを瞬きで消し、まっすぐに悠真の目を見詰め返した。

「……本当に、俺の好きなところに連れて行っていいのか？」

声の調子がこれまでと違う。語尾にぴりつくような緊張感が漂っていて、悠真は一瞬で前言を撤回したくなった。だが、ここで引き下がったら峰守の本性を見定めるのにまた時間がかかる。悠真は喉の奥から這《は》い上がってきた怯えを無理やり呑み込み、危機感なんて何も覚えていないような笑顔で大きく頷いた。

「もちろん。どこでも」

即答に、面食らったような顔をしたのは峰守の方だ。考え込むように目を伏せ、「本当か？」と念を押してくる。

こうもしつこく確認してくるなんて、一体どこに連れていく気だろう。さすがに怖くなって「どこに行くんですか？」と尋ねてみたが、峰守はそれに答えず悠真に背を向けてしまう。

「とりあえず、ついてきてくれ」

今更拒否できる雰囲気ではなく、悠真もおっかなびっくり後に続いた。

レストランを出て、駅前に並ぶショッピングモールを横切り、人込みの多い商店街を歩くこと十分。周囲の人たちが一方向に流れていくと思ったら、前方に大きな公園が見えてきた。

中央に大きな池があり、その周囲を桜の木々が囲んでいる。あと二か月もしたら園内は花見客で溢《あふ》れ返るのだろう。まだ桜はつぼみすらつけていないが、周囲では親子連れや老夫婦、大学生たちの集団が、売店で売られている団子などを手にそぞろ歩く姿が散見された。

（こ、公園デート……？　意外と普通……）

ほっとしたものの、前を行く峰守は池を眺めるでもなければベンチに腰掛けるでもなく、ずんずん公園の奥へ進んでいく。醤油《しょうゆ》の香ばしい匂いが漂う団子屋の前も素通りだ。

広大な公園内を会話もなく突き進みながら、もしや目的地は別にあるのでは、と遅ればせながら気がついた。かなり歩いたせいですでに駅からも遠い。不安になってきたところで、とうとう公園を出てしまった。

（やっぱりそうだ、公園デートなんてありえなかった……！　当たり前だ、こんな魔王みたいな大男が、小鳥の声なんて聞きながらお散歩なんて柄じゃなかった！　本当の目的地は一体どこなんだ、今度こそ怪しげなハーブとか扱ってる店だったらどうしよう……）

悪い想像しか思い浮かばず俯いているうちに、峰守が車道にかかった歩道橋を上り始めた。重たい足を引きずって後をついていくと、階段を下りたところでようやく峰守が足を止め、しばらくぶりに悠真を振り返る。

「……ここなんだが」

いよいよ到着か。一体どんな怪しげな雑居ビルが待ち構えているのか、と戦々恐々顔を上げた悠真は、目の前に広がる光景を見て、ぽかんと目を見開いた。

そこはチケット売り場だった。窓口に職員らしき女性が一人座っていて、その前に子供を連れた家族が並んで券を買っている。売り場の上に掲げられた看板には可愛らしいリスの絵が描かれて、さらに視線を動かせば、そこかしこに動物の絵が描かれた看板が飾られていた。

最後に建物の入り口に掲げられたプレートを見て、悠真は掠《かす》れた声で呟いた。

「……動物園？」

遠くから子供たちの歓声が聞こえる。訪れたのは、正真正銘の動物園だ。

冗談かと思ったが、峰守は真顔を崩さない。本気だろうか。峰守のような男が動物園なんて、似合わないにも程があるが――。

（まさか……キャラ作り!?）

はたと思い至って、悠真は峰守を凝視してしまう。

こちらが警戒していることを察し、人畜無害な動物好きという人物像をアピールするつもりか。馬鹿な、と思ったものの、かくいう悠真も純真無垢な天使などというろくでもないキャラ作りをして今回のデートに挑んだだけに、一概に否定することができない。

（魔王が動物好きって……駄目だ、こっちの天使キャラが霞《かす》む……）

反応に迷ってすぐに返事ができずにいると、峰守がすっと悠真から目を逸らした。

「嫌なら、別の場所へ……」

「い、いいえ、行きましょう、動物園！　僕も久々なので！」

相手の意図はわからねど、せっかくこんな健全な場所に辿《たど》り着いたのだ。下手に移動して妙な場所に連れ込まれるよりずっといい。悠真は率先してチケット売り場に並んだ。

入園料は、大人一枚四百円。こんなに安いのか、と驚きつつ、料金を払って園内に入る。

動物園という場所柄か、やはり子供を連れている人が多い。入り口正面には幅の広い石畳の歩道が伸び、左右にコーヒーや軽食、土産物を売る売店が並んでいた。さらに進んだところには東屋《あずまや》があり、その下のベンチで赤ん坊を連れた母親が休憩をしている。先程まで歩いていた公園と地続きの雰囲気があるのは、園内に木々が多く植えられているせいだろうか。

峰守は東屋の前で立ち止まると、正面に向かってすっと指をさした。

「あちらにはシカとイノシシがいる。それからツル。一番奥がサルだ。東側は小動物が多い。カピバラとか、ヤマアラシ、モルモット、アナグマ。ペンギンもいる。西側は資料館があって、鳥が見られる。それから、リスも」

入り口で配布されていた園内マップも見ていないのに、峰守はすらすらと動物たちの配置を説明してくれた。ぽかんとした顔をする悠真にも気づいていないようだ。

「あちらの奥にはヤマネコもいる。その奥にはカフェもある。休日はかなり混むが」

追加情報に目を瞬かせ、悠真は掠れた声で呟いた。

「……峰守さん、随分ここの動物園に詳しいんですね」

「ああ。よく来るからな」

よく来る？　と心の中で問い返してしまった。峰守のような、子猫が足元にすり寄ってきても気づかず素通りしそうな男が、動物園に？

そんな馬鹿な、とうっかり漏らしかけたところで、峰守が鋭く踵を返した。

「時間だ、そろそろ行こう」

「えっ、あ、ど、どこへ……？」

峰守はどこかへ向かう足を止めぬまま、振り返ってこう言った。

「モルモットのふれあい広場だ」

「モル……？」

「土日は十時から十一時と、十三時半から十五時の二回しか入れない。もうすぐ二回目の入場時間だ、急ごう」

なぜそんなことを知っているんだ、と尋ねる暇はなく、悠真も急ぎ足で峰守を追いかけた。

十三時半までにはまだ少し時間があったが、園の入り口近くにあるふれあい広場にはすでに列ができていた。並んでいるのはカップルと子供連れがほとんどだったが、峰守は躊躇《ちゅうちょ》なく列の最後尾に立って悠真を手招きする。いい年をした男二人が並ぶのはなんだか場違いな気もしたが、断れず悠真も俯きがちに列に加わった。

前にいた小学生らしき男の子が、峰守を見上げて「でっけぇ」と呟く。富士山《ふじさん》を見上げ、思わず声を漏らしたときと同じくらい感慨のこもった声だ。峰守はちらりとそちらを見ただけで何も言わなかったが、小学生の親だろう女性は青い顔で子供の口をふさいでいた。こんな人相の悪い男に一瞥《いちべつ》されたら、うろたえるのも当然だ。

周りから自分たちにちらちらと飛んでくる視線を感じつつ、悠真は列の先頭に目をやる。

モルモットのふれあいコーナーは、六角形のドームのような建物の中にいくつもベンチを並べているようだ。ドームの入り口には動物たちと触れ合える時間を書いた看板があるが、峰守が言っていた時刻とぴったり一致している。

（……本当に、よく来てる、のか？）

考えているうちにゆっくりと列が進み始めた。悠真と峰守がドームの中に入ったところで、係員がプラスチックのチェーンで入り口をふさぎ「しばらくお待ちください」と後続の客に声をかけた。

「一巡目に滑り込めてよかった。この寒いのに長く列に並ばせるのは申し訳ない」

ほっとしたような声で呟いて、峰守はドームの隅に置かれたケージに近づく。峰守と一緒にケージの中を覗き込んだ悠真は、思わず「うぐっ」と声を漏らしてしまった。

ケージの隅で身を寄せ合っていたのは、柔らかそうな毛並みのモルモットたちだ。その中の一匹がひょこりと顔を上げたのだが、その目があまりにもつぶらなもので、うっかり心臓を撃ち抜かれた。

近くにいた係員が「どの子を抱っこしますか？」と悠真たちに声をかけてくる。ふれあい広場というくらいだから触ってもいいのだろうとは思っていたが、抱けるのか。よく見れば、ベンチに座っている人たちは全員がモルモットを腕に抱いたり、膝に乗せたりしている。

おろおろする悠真とは対照的に、峰守は「近くにいるこの子で」と落ち着いた口調で答えている。

峰守はにこりとも笑わないが、モルモットに対して、この子、という言い方をしているのが印象的だった。係員から赤茶と黒が混じった毛色のモルモットを差し出され、大きな手で受け取る仕草も慣れていて、よくここに来ているのは本当らしいと納得する。

モルモットを腕に抱いた峰守は、その場に立ち尽くす悠真を見て首を傾げる。なぜモルモットに手を伸ばさない、と問いたげだったその顔に、次の瞬間ハッとした表情が走った。

「小動物は苦手だったか？　すまない、最初に聞くべきだった」

「あ、いえ、そういうことではなく、小さい動物の触り方がよくわからなくて……」

というのは建て前で、人身売買組織の幹部ではとまで囁かれていた峰守が、ぴすぴすと鼻を動かすモルモットを腕に抱いて立っている絵面が衝撃的すぎて動けなかっただけだ。

峰守は「苦手なわけではないんだな？」と悠真に確認してから係員に声をかけた。すぐに係員がミルクティー色のモルモットを捕まえて悠真へと差し出してくる。

「はい、どうぞ。優しく抱っこしてあげてくださいね」

「あ、う、うわ、あの、ど、どこを持てば……」

脇の下に手を差し入れ、両手で持ったモルモットは思ったよりもずっと温かくて、ぐんにゃりとして摑みどころがない。まごまごしていると、すっと隣に峰守が立った。

「片手で尻を支えて、反対の手で背中を支えるんだ。自分の腹とモルモットの腹がぴったりくっつくようにすると安心する」

「は、は、はい……！」

峰守に言われた通り慎重にモルモットの体を支えて抱き寄せると、モルモットは暴れることもなく大人しく悠真の腕に収まった。ほっと息をついたところで、近くのベンチに座るよう峰守に促される。峰守も悠真の隣に腰を下ろし、モルモットを膝の上に置いて手を離した。

「……逃げたりしませんか？」

モルモットは峰守の膝の上で大人しくしているが、自分のモルモットも同じようにじっとしていてくれるとは限らない。怖くてなかなか手を離せずにいると、峰守に小さく頷かれた。

「この動物園では、出産と子育てを終えたメスしかふれあい広場に出していないらしい。子育てをしたメスは温厚になるそうだ。よほど驚かせない限りは逃げたり暴れたりしないだろう」

思わぬマメ知識を披露され、悠真はおっかなびっくりモルモットを膝に下ろす。モルモットは身じろぎしたものの、悠真の膝の間のくぼみに具合よく収まったのか大人しくなった。

「うわぁ……」

デニム越しにモルモットの体温が伝わってくる。たまに動く鼻先はピンク色で、小さな前足も同じくピンク。たまに悠真の足を押してくるのがくすぐったい。

恐る恐る指を伸ばし、モルモットの首から尻尾《しっぽ》のつけ根まで指先で辿った悠真は、案外大きいな、と感嘆の溜息をついた。

「モルモットってハムスターと似たようなものだと思ってたんですけど、全然大きさが違うんですね」

「そうだな」

「ハムスターなんて手乗り大福くらいの大きさなのに」

わずかな沈黙の後、ふっと空気の掠れる音がした。モルモットに注いでいた視線を上げると、峰守が悠真から顔を背けて肩を震わせている。笑っているようだ。

笑うのか、と悠真は目を見開く。店ではほとんど表情を変えることのなかった峰守だから、なんだかとんでもなく貴重なものを見た気分だ。どんな顔で笑っているのか見たかったが、膝にモルモットがいるので不用意に身を乗り出すこともできない。

「そんなに変なこと言いましたか？」

尋ねると、ようやく峰守がこちらを向いた。

「……いや、大福にわざわざ手乗りをつける理由がよくわからなくて」

「あ、そうですね。ハムスターを手の上に乗せている状況を想像していたもので、つい」

「掌《てのひら》に大福を乗せて撫でている姿を想像してしまった」

峰守の目元には、まだ笑みの名残が浮かんでいる。膝にモルモットを乗せて笑う峰守は、もう魔王でもヤクザでもなかった。長い指先でそっとモルモットの背を撫でるその姿は、キャラ作りでもなんでもなく、本心から動物を愛《め》でているようにしか見えない。

黒いスラックスに毛がつくのを厭《いと》う様子もなく、峰守は目を伏せて呟く。

「説明もなくこんな場所まで連れてきてすまない。ふれあい広場は、混雑具合によっては早めに終わってしまうこともあるんだ。だからつい、気が急いて」

「いえ、俺もモルモットに触れて嬉《うれ》しいので」

気が緩んで、うっかり一人称が「俺」に戻ってしまった。しまった、と思ったが、峰守はそんな小さな変化には気づかなかったらしく何も言及してこない。代わりにわずかに目を細める。

悠真がモルモットに関心を示してくれてホッとしたのかもしれない。嬉しそうな顔だった。

瞬間、悠真の胸に吹き荒れたのは激しい罪悪感だ。

どうやら峰守は本当に動物園によく来ていて、悠真にモルモットを触らせんがため道中急いでいただけらしい。それなのに、ホテルやら怪しい店やらに連れ込まれるのではと怯えていた自分が滑稽だし、それ以上に峰守に対して申し訳なかった。

(もう、無闇やたらと峰守さんを警戒するのはやめよう)

これまでの自分の言動を反省し、悠真は無用な遠慮を取っ払って峰守に尋ねた。

「峰守さんは動物が好きなんですか?」

「そうだな。好きだ」

「特にモルモットが好きとか、そういう?」

「いや、動物は全般的に好きだ。自分では飼えないから、こうして動物園で動物を眺めたり、ふれあい広場で触らせてもらったりしている」

レストランで会話をしていたときより口数が多い。表情が乏しいのは変わらないが、膝にモ

ルモットを乗せているせいか威圧感はほぼなかった。こんな姿を見ていると、これまで峰守に対して黒いイメージを膨らませ続けてきた自分が馬鹿みたいに思えてくる。

「自宅でペットを飼ったりはしないんですか？」

モルモットの柔らかな毛に指を埋め、暖を取りつつ悠真は尋ねる。

「飼いたいが、仕事が忙しい。帰りも遅いし、一日の大半を家でひとりで過ごさせてしまうと思うと、なかなか……」

「ちなみに峰守さんって、どんなお仕事を？」

これ以上なく自然な流れでの質問だったと思うのだが、それまでとつとつと喋っていた峰守が唐突に口をつぐんだ。不自然なくらい長い沈黙が流れ、もしやこちらの質問が聞こえなかったかと不審に思い始めた頃、ようやく峰守が口を開いた。

「………ただの会社員だ」

低く押し殺した声はひしゃげた響きを伴って、近くのベンチに座っていた子供がびくっと肩を揺らした。獣の唸《うな》り声でも聞こえたと思ったのか、辺りをきょろきょろしている。悠真も唐突に低くなった峰守の声に驚いて、そうですか、と震える声で返すことしかできない。

（今の聞いちゃいけない質問だった？　なんで？　ていうか会社員って随分大きなくくりですけど、何か詳細を言えないような事情でも……!?）

無闇に峰守を警戒するのはやめようと思ったばかりなのに、またむくむくと不安と猜疑心《さいぎしん》が湧き上がる。峰守への態度を決めかねていると、ふいに峰守が口を開いた。

「モルモットの近くに、ペンギンもいる。後で見に行くか？」

「え、あ、ペンギンまでいるんですか？　水族館でもないのに？　み、見てみたいです」

「ヤマネコの飼育小屋では、最近生まれたばかりの子供が見られる」

「あっ、それも見たいです」

「フェネックも、可愛い」

フェネックという動物がどんな姿をしているのかぴんとこなかったが、峰守が真顔で「可愛い」なんて言うものだから、それはぜひとも見たいです、と食いついてしまった。

峰守は指先でそっとモルモットの背中を撫で続けている。話をはぐらかされた気がしないでもなかったが、そんな優しげな仕草を見たら、再び芽生えた不安もみるみるしぼんでいってしまったのだった。


ふれあい広場を出た後、悠真は峰守と一緒に動物園を見て回った。

ペンギンはもちろん、ヤマネコの子供もフェネックもじっくり観察できた。ちなみにフェネックは耳の大きな狐のような姿で、大きな瞳が愛くるしかった。

最初こそ、動物園なんて子供の来る所だしなぁ、などと斜に構えていた悠真だが、いざ園内を回ってみると思いのほか面白い。シカやイノシシなども都会で生活していると実物を目にする機会など滅多になく、間近に眺めて感動した。

それに、動物を見ながら峰守があれこれ披露してくれるマメ知識も興味深かった。ヤクシカとカモシカの小屋を見比べ「同じシカでもだいぶ見た目が違うんですね」と言ったら、「カモシカは牛の仲間だ」と教えてくれたのを皮切りに、暑く乾燥した地域に生息しているフェネックは足の裏までふわふわした毛で覆われていることや、もっさりした見た目のカピバラが実は最大時速五十キロで走ることなども教えてくれた。

饒舌《じょうぜつ》とまではいかなくとも、動物を見ているとき峰守の言葉数は少し増える。無表情なのは不機嫌だからではなく、元来表情の乏しい人なのだろう。動物たちの動きを目で追うとき、峰守の視線が忙しなく動いているのを見れば、静かに楽しんでいるのが見て取れた。

園内を回るうちに峰守の無表情にもだいぶ慣れてきたが、すれ違う人たちはそうもいかないらしい。全身黒い服を着た大柄な男が、子供に交じって園内を歩く姿はどうしたって目立ってしまい、すれ違い様、峰守を窺うように見る客は多かった。

子供の反応はもっと素直だ。直前まで瞳を輝かせて動物を見ていた子供も、隣に立つ峰守に気づくとぎょっとした顔になって、走ってその場から逃げ出してしまう。

父親と間違えて峰守のコートの裾を握ってしまった小さな子供は、峰守の顔を見るや声を上げて泣き出した。両親が慌てて飛んできて峰守に深々と頭を下げていたが、その後は峰守が歩くと子供を連れた親がその場から離れるようになった。別に峰守が子供を叱りつけたわけでもないにもかかわらずだ。静かに動物を見ているだけなのに、顔が怖いというだけで腫れ物に触るような態度をとられる峰守の姿を見て、さすがに気の毒になった。

一通り動物を見た後、悠真たちは資料館などがある西側のエリアへ向かった。資料館の隣には、魚類や両生類、水辺に棲《す》む昆虫などが展示されている水生物館もある。せっかくなのでこちらにも立ち寄ってみることにした。

水生物館は二階建てで、一階に魚類と両生類、二階に水生昆虫や水生植物が展示されている。人気のないエントランスを見回した悠真は、その一角を見て覚えず足を止めた。

二階に上がる階段の横に、縁日の屋台のようなものが出ている。屋台の下にずらりと並んでいるのは白い画用紙で作られた面だ。軒先にかけられた紺色の暖簾《のれん》は『どうぶつえんのおめんやさん』と白字で染め抜かれ、文字の横には昆虫のイラストも描かれていた。

屋台に近づく悠真に気づいて、峰守も後からついてきた。『ごじゆうにどうぞ』と書かれた看板と、屋台の下にずらりと並んだ面を見た峰守は、子供では到底手が届かないだろう一番上に飾られていた面に手を伸ばす。

「……ゲンゴロウか」

お面と言いつつ、並んでいるそれには昆虫の顔ではなく全身が描かれている。ゲンゴロウの他には、タガメやヤゴもいるようだ。面の裏側には、昆虫の名前と特徴が書かれていた。

近くのテーブルには色鉛筆やクレヨンが用意されていた。来館者に自分で面の色を塗ってもらおうという趣向らしいが、テーブルの周りはがらんとして、色塗りをする者の姿は見受けられない。

悠真は改めてエントランスへと目を向ける。モルモットのふれあい広場には長蛇の列までできていたのに、この水生物館にはほとんど人がいない。

(来館する人が少ないから、集客のための企画を必死で考えたんだろうな)

エントランスの片隅に設置された屋台は、いかにも手作りといった風情だ。少しでもお祭り感を出そうとしたのか、屋台の裏には簾《すだれ》がかかっていたり、笹《ささ》が飾られていたりする。面のイラストもきっと職員の手描きだろう。裏側の説明には興味深い豆知識が書かれていた。動物園を回りながら峰守が悠真にしてくれたのと同じ、本当にその対象に興味がなければ知り得ない情報だ。

色鉛筆の置かれたテーブルには、見本のつもりなのか職員が色を塗った面も置かれている。ピンクに花模様を描き込んだタガメの面を見れば、虫の正しい生態を学んでほしいというより、ここに来た人にとにかく楽しんでほしいと思っている職員たちの気持ちが伝わってきた。

(——……いいなぁ)

以前勤めていたイベント企画会社では、間違ってもこんな企画は通らなかった。求められるのはもっと洗練されて、確実に集客が望めるような企画だけだ。

このイベントで人を集めるのは難しいだろう。でも羨ましい。なんだかとても、楽しそうで。

「一つもらっていこう」

ゲンゴロウの面を持った峰守が屋台から離れる。君は？　と尋ねられたが、悠真は首を横に振ってその場を離れた。前の職場のことなど思い出してしまったせいか、妙に足取りが重くなる。

そんな悠真の姿を見て疲れているとでも思ったのか、峰守は水生物館を出るとその足で園の入り口へ向かった。

売店やキッチンカーが並ぶ一角にはテーブルと椅子も用意されていて、買ってきた軽食を食べながらくつろぐカップルや、弁当を広げる家族連れの姿もある。峰守は空いているテーブルに悠真を座らせると、キッチンカーでコーヒーを二つ買って戻ってきた。

「随分歩かせてしまったから。少し休もう」

気がつけば、動物園に入ってからすでに二時間以上が経過していた。礼を言ってコーヒーを飲むと、外を歩き続けて冷え切っていた体に熱が巡る。

はーっと真っ白な息をついたところで、悠真たちの座るテーブルに小さな子供が寄ってきた。まだ歩き始めて間もないのか、テーブルの縁を掴んで悠真たちの顔を見上げてくる。

悠真が軽く笑いかけると、子供は笑いかけられた意味がわからないのかきょとんとした顔をして、次いで峰守に目を移した。

峰守も子供に気づいたようで、視線を子供に向けたままコーヒーを飲んだ。にこりともしない代わりに、睨みつけることも怒鳴ることもしない。だというのに、峰守の顔を見た子供はクシャッと顔を歪め、ひぐひぐと息を震わせ始めた。宥《なだ》める間もなく子供は声を上げて泣き出してしまい、駆けつけた親が「すみません！」と謝りながら子供を抱いて走り去っていく。

遠ざかっていく子供の泣き声を聞きながら、凄《すご》いな、と悠真は唸った。

（まだ危機管理能力が備わってなさそうな幼子でも、一目で泣き出す峰守さんの強面の威力）

あるいは赤子の本能か、などと思いながら峰守に視線を戻した悠真は、危うく口に含んだコーヒーを噴き出しそうになった。一瞬目を離したその隙に、峰守が水生物館でもらったゲンゴロウの面をかぶっていたからだ。

「みっ、峰守さん、何してるんですか⁉」

まだ色も塗っていない真っ白な面をかぶり、峰守はくぐもった声で呟く。

「……俺の顔を見ると、子供が怖がる」

「それは――」

その通りだ。残念ながら。否定はできない。

しかし、虫の面をかぶった大男というのもなんだか怖い。幸い峰守がかぶっているゲンゴロウの体つきはころんと丸くて愛嬌《あいきょう》があるのだが、これがタガメやヤゴといった少々グロテスクな外見の虫だったら、いっそホラーだとすら思う。

厚紙で作ったチープな面をつけた峰守を、通りすがりの客がちらちらと振り返っていく。小さな子供は峰守を指さし「なんであの人お面つけてるの?」なんて声を張り上げて興味津々だ。

当然ながら大人は峰守と関わり合いになりたくないようで、子供の手を引き足早に去っていく。

子供に怯えられなくなった代わりに周りから変人扱いされているが、峰守は面を取ろうとしない。面白がって手を振ってくる子供には、小さく手を振り返したりしている。

(……見かけによらず、善人だな)

面を鼻先まで上げ、口元だけ出してコーヒーを飲む峰守をまじまじと見詰めていると、峰守が再び面を下げた。

「君も、俺の顔が怖いだろう」

面で完全に顔を隠した状態の峰守にぽつりと呟かれ、悠真は声を詰まらせた。

動物園を案内してもらううちに峰守の強面にもだいぶ慣れたが、出合い頭や食事中は怯えを隠し切れなかったようだ。峰守はわざわざレストランを予約したり、モルモットのふれあい広場に案内したり、悠真をもてなそうとしてくれていたというのに。

今だって、周りの子供だけでなく悠真も怖がるだろうからと面をかぶっている。こんな人、もう疑いようもなく善人だ。

わかってしまったらさすがに申し訳なくなって、悠真はテーブルに身を乗り出した。

「俺なら大丈夫なので、そのお面外してください。周りの子供たちとはなるべく目を合わせなければ問題ないと思います」

思うに子供たちは、峰守に無表情で見詰められるのが怖いのだろう。睨まれているように感じるのかもしれない。

峰守がなかなか面を上げようとしないので、悠真は思い切って面に手を伸ばした。峰守は慌てたように後ろへ身を引いたが、なおも悠真が手を伸ばそうとするのを見てためらいがちに面を外す。

ゲンゴロウの面の下から現れた顔は、ぐっと唇を引き結んだ険しい表情だ。眉間にも皺が寄っているが、これは怒っているというより戸惑った顔なのかもしれない。もしくは本当に怖くないのかと悠真に問うつもりで、わざと顔を顰《しか》めているのか。

悠真は峰守の顔を見詰め返す。張り詰めた表情は今までで一番不穏に見えたが、直前までゲンゴロウの面をかぶっていたのだと思ったら、自然と悠真の唇が緩んだ。

「やっぱり、外しててください。怖くないですから」

笑いながらそう告げると、峰守が軽く目を見開いた。瞬きも忘れたように悠真の顔を凝視していたが、悠真にもう一度笑いかけられると我に返ったようにふいっと目を逸らす。

その横顔を眺め、おや、と悠真は目を瞬かせた。表情こそ険しいが、峰守の目元はほんのり赤くなっている。よく見ると鼻先まで赤い。本人もその自覚があるのか、峰守はコーヒーを手元に引き寄せて急にこちらを見なくなってしまった。

（……もしかして、照れてるとか？）

思い返せば、悠真に告白してきたときも峰守はこんなふうに顔中を赤くしていた。この程度のことで恥じらって、悠真と目も合わせられなくなってしまうなんて。

(むしろ峰守さんの方が天使なのでは……⁉)

思いがけない真理に辿り着いた気分で、悠真は愕然と目を見開いた。峰守は外見こそ魔王かもしれないが、中身は悠真よりよっぽど純情なのかもしれない。なかなかこちらを見ようとしない峰守を凝視していたら、なんだかこっちまで顔が赤くなってきた。

思わず口元を手で覆ったそのとき、背後でわっと子供が泣き出した。

峰守がはっと顔を上げ、テーブルの上の面に手を伸ばす。また自分の顔を見て子供が泣いたと思ったのだろう。だが、それにしては声が遠い。

振り返ると、売店の前で五歳くらいの男の子が地団太を踏んで泣きわめいていた。男の子が片手にしっかりと握りしめているのは、売店で売っているクリアファイルだろうか。ファイルにはトンボの写真が大きく印刷されている。よく見ると、反対の手には峰守が持っているのと同じゲンゴロウの面も持っていた。あの子供も水生物館に行ったらしい。

男の子は傍らに立つ母親らしき女性に必死でクリアファイルをねだっているが、母親はどう見ても気乗りしない顔だ。

「カズ君、お土産を買うなら別のものにしよう。ママ、あんまり虫さん好きじゃなくて」

「やだ！　これが欲しい！」

「だってカズ君、買ったものでもなんでもすぐその辺に置いておくでしょう？　急に虫さんの顔見ると、ママびっくりしちゃうから……」

「ちゃんとお片づけするから！」

「そう言って今朝も図鑑をテーブルの上に置きっぱなしにしてたじゃない」

母親は虫の類が苦手らしい。ファイルに印刷されたトンボは顔がアップになっていて、あの巨大な複眼を気味悪がる母親の気持ちもわからないではなかった。

「ほらカズ君、買うならペンギンさんにしよう。ぬいぐるみ、可愛いよ？」

「やだ、これがいい！」

「可愛いのにしようよ。カズ君だってぬいぐるみ好きでしょう？」

「いや！　好きじゃない！」

埒《らち》が明かないやり取りに、困り笑いを浮かべていた母親の顔から表情が消えた。

瞬間、ひゅっと悠真の喉が鳴る。あの母親が何を言うか想像できてしまった気がして、とっさに親子から顔を背けた。

カズ君にはぬいぐるみの方が似合うよ。そんなことを言うのではないかと思った。

カズ君には可愛いぬいぐるみが似合うんだから、こっちにしよう。ほら、似合う。虫なんて駄目。カズ君はいい子だから、ママの言うこと聞いてくれるでしょう？

いい子じゃないの？

――いい子じゃないなら、ユウ君なんていらない。

「どうした？」

峰守の声で我に返り、悠真は水から顔を上げるような勢いで面を上げる。背後にいる母親の声が、いつの間にか自分の母親の声にすり替わっていた気がして息が乱れた。

じっとこちらを見る峰守に小さく首を横に振り、悠真はもう一度背後を振り返った。売店の前にはまだあの親子がいたが、子供はもう泣いていない。それどころかニコニコと笑っている。母親は、諦めたような顔でクリアファイルをレジに持っていくところだ。

想像とは違う展開にほっと息を吐き、再びテーブルへ顔を戻すと峰守と目が合った。もの言いたげな峰守の顔を見て、悠真はとっさに空になった紙コップを手に取った。

「僕、ゴミ捨ててきますね」

そう告げてテーブルに背を向けた瞬間、自分が口にした言葉に気づいてぞっとした。意識したわけでもないのに、一人称が「僕」になっている。峰守と一緒に動物園を回るうちに呼称を偽るのが馬鹿らしくなって、普段使いの「俺」に戻していたはずなのに。

（馬鹿みたいだ、子供の頃でもあるまいし）

大学入学を機に実家を出て、すでに五年以上が経っている。実家に帰ることもなく、家族と電話で会話をする機会さえめっきり減っているというのに、どうして今更思い出してしまうのだろう。悠真に「俺」ではなく「僕」という一人称を使わせたがった母親のことなんて。

嫌な記憶と一緒に空のコップをゴミ箱に投げ込む。気持ちを切り替えテーブルに戻ると、悠真が椅子に座るのを待たずに峰守が立ち上がった。移動するのかと思いきや、峰守は悠真の傍らで足を止めると、悠真の首元に何か巻きつけてきた。ふわりと温かなそれは、直前まで峰守が首に巻いていたマフラーだ。

「わ、な、なんですか急に？」

うろたえて後ずさる悠真を真顔で追いかけた峰守は、マフラーをぐるりと悠真の首に巻きつけ、その上から軽く悠真の胸の上を叩《たた》いた。

「寒そうな顔をしていたから」

首元から、峰守がつけていたのだろうスパイシーな香水の匂いが立ち上る。軽くて柔らかなマフラーにはまだ峰守の体温が残っていて、別に寒かったわけでもないのに押し返す気になれなかった。痛いとも思っていなかった痣《あざ》に、そっと手を当てられたような気分になる。

「君、ちょっと薄着すぎないか？　前に公園で会ったときも上着を着ていなかったし」

「……そういえば、あの日も峰守さん、自分のコート譲ってくれましたよね」

「寒そうで見ていられなかったんだ」

峰守のマフラーに顎を埋めるようにして、ふふ、と悠真は笑いを漏らす。他人のために自分が寒い思いをするなんて、なんてお人好《よ》しだろう。こうなると本当に、魔王より天使の方が峰守の実態に近そうだ。

立ち上がったついでのように、峰守は「そろそろ行くか」とテーブルを離れた。冬の日は短く、まだ閉園時間までには間があるのに、辺りはすっかり暗くなっている。

（この後、どうするんだろう……）

悠真は斜め前を行く峰守の横顔をちらりと窺う。今日はバイトも休みだし、悠真に早く帰らなければいけない理由はない。アパートを出るときは昼食を食べたらすぐに帰るつもりでいたのに、この半日で峰守に対する興味が湧いてきて、もう少し一緒にいたい気すらしている。

駅に向かって歩きながら、悠真は思い切って自分から峰守に声をかけてみた。

「動物園、連れてきてくれてありがとうございました」

前を歩いていた峰守が振り返り、歩調を緩めて悠真の隣に並ぶ。

「君の希望も聞かず勝手に連れてきてしまったが、退屈じゃなかったか……？」

「楽しかったですよ。動物園に来たのなんて幼稚園の遠足以来でしたし」

モルモットも可愛かった、とつけ足すと、峰守の目元がほんのりと緩んだ。峰守の柔らかな表情はまだ見慣れず、妙にどぎまぎしてしまって視線が泳ぐ。

「峰守さんこそ、どうでした？　俺と一緒で退屈しませんでした？」

何気なく尋ねたつもりだったのに、緊張して常より早口になってしまった。

峰守は白い息を吐いて「まさか」と呟く。

「そんなふうに見えたか？」

見えないだろう、とでも続きそうな峰守の言葉に、悠真は沈黙を返した。それに気づいたのか、峰守が「見えたのか？」とわずかに焦ったような声で確認してくる。

「た、退屈そうというか……レストランで食事をしたとき、ほとんど何も喋らなかったので」

動物園に向かう最中も、今だって、悠真から話しかけないと峰守は喋らない。

「お喋り自体が好きでないなら、こっちも無理には話しかけないんですけど……」

どうでしょう、と重ねて問うと、峰守の眉間にぐっと皺が寄った。

「勘違いをさせたならすまない。別に会話が嫌いなわけじゃない。レストランで黙り込んでしまったのは、まったく話題が思いつかなかったのと……緊張していたからで」

「緊張」

藪から蛇が飛び出そうと、暗がりから虎が襲い掛かってこようと平然としていそうな峰守から出てきたとも思えぬ言葉だ。思わず真顔で復唱してしまったが、峰守は悠真のそんな反応にも気づかぬ様子で目を伏せた。

「何を喋ったらいいのかわからないだけだ……から、君が喋ってくれると、嬉しい」

しかめっ面で随分と可愛げのあることを峰守が言うものだから、悠真は、ぐぅ、と喉を鳴らした。動物園で、初めてモルモットと対面したときのように。

（世の中にはこういうタイプのギャップもあるのか……）

悠真も第一印象と違うと言われがちだが、「天使だと思ったらどこにでもいるがさつな成人男性だった」とがっかりされることがほとんどだ。対する峰守は「魔王かと思ったら天使だった」である。好感度の上がり具合がえげつない。

とりあえず峰守が会話のやり取りを嫌っていないことがわかったので、駅に向かう途中、悠真は安心して動物園の感想を峰守に伝えた。モルモットの体はぐんにゃりしすぎて抱き上げるときにちょっと怖かったとか、放牧場で走っていたヤクシカが美しかったとか、水生物館は人が少なく、一階が水族館のようで居心地がよかったとか。

とりとめのない言葉に峰守は黙って耳を傾けてくれる。たまに相槌《あいづち》を打ったり短い言葉を挟むくらいで峰守自身はほとんど喋らないが、会話の合間に何度となくこちらに視線を向けてくれるので、一人で空回っているような気分にはならなかった。

そうこうしているうちに駅前まで戻ってきて、悠真は小さく咳払いをした。

そろそろこの後の予定を訊いてみてもいいだろうか。

さすがにもう、いきなりホテルに連れ込まれるとか怪しげな店に案内されるとか、そんな心配はしていないが、場合によっては酒を飲んでいい雰囲気になって、相手の自宅に招かれるなんて流れにはなるかもしれない。そして悠真はすでに、そうなってもいいかもな、という気になりつつある。これまでマッチングアプリなどで出会ってきた恋人と比べるといくらか展開が早いのは否めないが、歴代のマッチング相手の中でも上位を争うくらい峰守は紳士的だ。

こちらから夕食に誘ってみてもいいだろうか、なんて考えていたら、峰守がコートの袖を軽く上げて腕時計に目をやった。時刻を確認して、悠真に目を向ける。

「それじゃあ、そろそろ帰ろう」

はい、と反射的に頷いてから、悠真はぴたりと動きを止めた。えっ、と思わず声を上げてしまい、峰守に不思議そうな顔をされる。

「何か、他に予定でも？」

「い、いいえ、そういうわけじゃないんですけど、峰守さんこそ、この後、何か……？」

ない、と峰守はあっさり言ってのける。ならばなぜ。時刻はまだ十八時にもなっていない。初回のデートを終わらせるには早過ぎないか。

峰守が当たり前のような顔で解散を提案するので、なんだか自分の認識こそ間違っているような気がしてきてしまう。なので、冗談めかしてこんなことを言ってみた。

「こ、こんな時間に解散するの、高校時代に友達と遊んでたとき以来だな、と思って……」

「俺も、こうして友人と休日を過ごすのは久々だ」

峰守の言葉に、そうでしたか、と相槌を返そうとして、悠真は再び硬直した。

（………えっ、友人⁉）

そんな馬鹿な、と思ったが、峰守の告白に「お友達から」と答えたのは誰あろう自分だ。だからって本当に友達からスタートするとは思うまい。中学生の男女交際ならいざ知らず、自分たちはとっくに成人しており、しかもゲイなのだ。同性愛者は同じ性的指向を持つ相手を探すことからしてハードルが高いのだから、同類だとわかればとんとん拍子に話が進むことは多い。たとえ告白の返事が「お友達から」だったとしても、それでデートにこぎつければもうお友達以上になっている、と考えるのが普通ではないのか。

（いや、そもそも峰守さんは今日のこともデートだとは思ってないってことか……？　だとしたらなんだ？　今日のあれこれがデートじゃないなら……遠足か⁉）

デートと言うには色気がないとは思っていたが、まさか峰守が友達同士で遊びに来ているという認識だったとは思いもしなかった。

半ば呆然と立ち尽くしていた悠真だが、峰守がじっとこちらを見ていることに気づいて慌てて表情を取り繕った。笑顔を作って立ち止まり、峰守に向かって頭を下げる。

「あの、じゃあ、俺はちょっとこの辺で買い物してから帰るので、ここで」

「ああ。それじゃあ、また」

「はい、今日はありがとうございました」

こちらこそ、と頷いて、峰守は駅の改札に歩いていく。途中、マフラーを借りたままだったことに気づいた悠真は、人込みに紛れていく峰守を慌てて呼び止めた。

「あ、あの！　マフラー……！」

峰守は振り返ったものの足を止めることなく、「次に会うときまで貸しておく」とだけ言って軽く手を振った。

何かを貸すなんて、意中の相手ともう一度会う口実を作るための常套《じょうとう》手段だ——と普段の悠真なら思うところだが、この状況ではわからない。峰守にそんな下心は一切なく、単なる親切心からマフラーを貸してくれた可能性も十分ある。何しろ峰守は悠真のことを、はっきり友達と言ったのだ。

雑踏の中に峰守の姿が消えてもなお、悠真はその場に立ち尽くして動けなかった。

(そりゃ、確かに俺が「お友達から」って言ったんだけど……言ったんだけど！)

悠真はわけもわからず拳を振り回してしまいそうになる。夜も深まる前に解散できてほっとしたような、肩透かしを食らったような、もう少しぐいぐい来てくれてもよかったような、相反する気持ちが胸の中で渦を巻いてひどく複雑な気分だ。

悠真はこめかみを引きつらせ、意識して深い息を吐いた。が、息を吐ききった途端、またぎりぎりと奥歯を噛みしめずにいられない。

(……なんでこっちが振られたみたいな感じになってるんだ⁉)

つき合ってほしいと言ってきたのも、週末に会おうと誘ってきたのも峰守なのに。

釈然としない気持ちを抱えつつ、悠真は峰守に告げた言葉を真実にすべく、用もないのに駅前のショッピングモールに足を向けたのだった。

峰守《みねもり》とデートだか遠足だかなんだかわからない外出をした翌日、バーに出勤するとヨシミと圭介《けいすけ》が待ち構えていて、デートの首尾を尋ねてきた。隠すほどのこともなかったので、悠真《ゆうま》は素直に顚末《てんまつ》を話して聞かせた。なるべく自分の感情は差し挟まないように語ったつもりだったが、早々にデートを切り上げられてがっかりした心情は言葉の端々から滲《にじ》み出ていたらしい。二人に「ミイラ取りがミイラになってる！」と腹を抱えて笑われた。

違います、と反論したものの、どうにも声が尻すぼみになる。

柔和でどことなく品のある顔立ちをしているせいか、恋愛に対して奥手と思われがちな悠真だが、実はかなり惚《ほ》れっぽい。嫌いじゃないと好きの間に、さほどの隔たりはなかったりする。峰守は顔が怖いだけの善良な男だったし、魔王どころか天使のような純朴さで、一緒に過ごしていて楽しかった。もし峰守が改めて悠真に告白などしてきたら、そのときは食い気味で了承するだろう。

峰守には借りたマフラーも返さなければいけないし、次に会ったときは何かしら進展があるだろう。そう予想していた悠真だが、案に相違してその後も悠真に対する峰守の態度は変わらなかった。

峰守は頻繁に携帯電話からメッセージを送ってくれるが、その内容は動物園に行った後も変わらず、友人とのやり取りと大差ないほど当たり障りがない。週末に二人で外出するときも、昼に待ち合わせて夕方に解散する健全さは相変わらずだ。キスはおろか、手をつなぐこともないそれをデートと呼んでいいのかわからなかったが、そうやって何度も会うたびに、峰守のひととなりだけはだんだんわかってきた。

まず峰守は、動物が好きだ。公園で犬の散歩をしている人を見かけるとじっと犬の挙動を見詰めているし、道端で猫など見かけると驚かせないように遠くからそっと見守っている。保護猫カフェに連れて行ってくれたこともあった。動物園は年間パスポートを買おうか迷うほど通っているらしい。

峰守と二人で映画を見に行ったこともある。てっきり開始五分でビルが爆発するようなアクションものを見るのかと思いきや、峰守が選んだのは末期がんの年老いた主人公と飼い犬が丘の上で静かに暮らす物語だ。もしや悠真が感動物語を好むと勘違いして——その手の勘違いはよくされる——こちらの趣味に無理やり合わせているのでは、と疑ったが、いそいそとチケットを買いにいく峰守の背中を見て、峰守本人が見たいのだろうと納得した。

上映中、館内には何度もすすり泣きの声が響いた。お涙頂戴話は好まない悠真でさえ感動したくらいだ。エンドロール中、横目で盗み見た峰守は無表情だったが目が潤み、鼻の頭まで赤くしていた。その反応が意外すぎて、悠真は逆に涙が引っ込んでしまったが。

喫茶店に入ってコーヒーとココアを注文すれば、店員は当たり前のようにコーヒーを峰守に、ココアを悠真の前に置く。店員が立ち去った後、お互いの前に置かれたカップを相手に差し出すのはもう暗黙の了解だ。

生クリームを浮かべたココアを飲む峰守を眺め、悠真は峰守が甘党であることを知る。動物が好きで、静かな映画が好きで、映画を見た後は喫茶店で言葉少なに、でも熱を込めて感想を伝えてくれることを知る。

外見からは想像もつかなかった峰守の素顔を知るたびに、なんだか胸の辺りがむずむずした。嬉《うれ》しいような、くすぐったいような、峰守のことがもっと知りたくなる。

（でもまだ俺たち単なる友達なんだよなー）

土曜の夜、悠真は駅前で峰守を待ちながら溜息《ためいき》を吐《つ》く。二月に入ってもまだ春の気配は遠く、吐き出した息が白く濁った。

こうして峰守と待ち合わせをするのも今日で四回目だ。遅々として進展しない二人の関係を、最近はヨシミも圭介も面白がって眺めている。峰守はまるで互いの距離を詰めてこようとしないし、じりじりしているのは悠真ばかりだ。

でも、もしかすると今日は何か変わるかもしれない。

見上げた空はすっかり日が暮れ、星が瞬いている。これまで待ち合わせはいつも昼間だったが、今日は初めての夜の待ち合わせなのだ。

「たまには夕飯でも食べませんか」と誘いをかけたのは悠真だ。峰守から了承をもらったときは小さくガッツポーズを作ってしまった。ミイラ取りがミイラになったと笑われてももう反論できない。

（いや、別にどうしても峰守さんとつき合いたいっていうわけじゃなく、友達だか恋人だかよくわからないこの関係をいい加減はっきりさせたいだけで……）

誰にともなく言い訳をしていると、駅前を行き交う人込みをするすると縫って、背の高い男性が悠真に近づいてきた。

峰守、ではない。やってきたのは見覚えのない細身の男性だ。悠真と同年代だろうか。悠真の前で立ち止まると、爽やかな笑みを浮かべて「こんばんは」と声をかけてきた。

あ、これ面倒くさいやつだ、と直感したが、その場から離れようとした悠真を阻むように、男は体を左右に揺らして立ちふさがってきた。

「お兄さん、ちょっとお時間よろしいですか？　突然ですけど、絵に興味とかあります？　なんかおしゃれだから、もしかして美術関係の人かなって思ったんですけど」

キャッチだ。内心うんざりしつつ、悠真は無言で首を横に振る。よろしくない、興味ない、美術関係者じゃない、といっぺんに否定したつもりだったが、男性は構わず喋《しゃべ》り続ける。

「近くの画廊で俺の知り合いが展覧会やってるんですよ。よかったら見にきません？」

「いえ、行きません」

身振りでは通じなかったか、と口頭で断ってみたが、やはり相手は引き下がらない。

「お願いしますよ、お客さん少なくて困ってるんです。誰か連れていかないと俺が怒られちゃうんです。人助けだと思って！」

悠真はこの手のキャッチセールスに声をかけられることが多い。その上、断ってもなかなか諦めてもらえない。よほど悠真が優しそうに見えるのか、それとも気弱そうに見えるのか、困ってるんです、とか、助けてください、とか、こちらの同情を引くような単語を口にしつつ、強引に話を進めようとしてくるのだ。

行くの行かないのと押し問答をしていたら、斜め後ろからふっと影が差した。やたらと大きな遮蔽物が隣に立ったことに気づいて顔を上げれば、峰守がそこに立っていた。

峰守は黒のスラックスに濃いグレーのハイネックを着て、黒のコートを羽織っている。シンプルだが、背が高くスタイルもいいので見栄えがする装いだ。遠目にはモデルのように見えるのだろう。道行く人がたまに峰守を振り返る。

悠真に話しかけていた男も笑みを浮かべたまま峰守を見上げ、次の瞬間さっと顔色を変えた。峰守と目が合うなり胡散《うさん》臭い笑みを消し、明らかに怯《ひる》んだ様子で「あ、もう大丈夫です」と口早に言ってその場を去っていった。

悠真一人なら御しやすしと思っていたのが透けて見える態度だ。げんなりして溜息をつく悠真の隣では、峰守が男の消えていった方向を無表情で眺めている。これが峰守の地顔なのだが、普段の峰守を知らない男性の目には、さぞ不機嫌そうに映ったことだろう。

「助かりました。ちょっとしつこいキャッチだったので」

礼を述べると、峰守が軽く眉を上げげた。

「あれがキャッチか？　初めて見た。俺はなかなかそういうのに声をかけられなくて」

でしょうね、と危うく口から漏れかけた。

人込みの中でもひときわ目立つ長軀《ちょうく》に恵まれた峰守を見上げ、悠真は想像せずにいられない。自分もこれくらい体が大きかったら、あるいは声をかけるのも憚《はばか》られるくらい目つきが鋭かったら、きっと他人から舐《な》められたり、軽んじられたりすることもないだろうにと。

（キャッチにしつこく絡まれるのも、侮られてるってことなんだよな）

この相手なら反撃してこない。してきたとしてもやり返せる。そう思うからこそ悠真に対して多少強引に話を進めようとしてくるのだろう。

持って生まれた体格や顔立ちが恨めしい。せめて表情だけでもと、峰守のようにぐっと眉間に皺《しわ》を寄せてみたところで相手を威嚇するには至らない。乱暴な口調で物を言おうとしても、腹から力が抜けてしまう。もともとの声が高めなので峰守のような迫力が出ないのはもちろんのこと、眉根を寄せ、反抗的な顔をしようとすると、階段から足を踏み外したときのようにみぞおちの辺りがきゅっと固くなった。こんな顔をするのはよくないことだと自分で自分を律してしまい、せいぜい無表情を貫くことしかできない。

でも、そもそも自分の体がもっと大きければ、もっと強面《こわもて》であれば、無闇やたらと他人から声をかけられることもないのだろう。

（いいなぁ……）

目的地に向かい、人込みの中を歩く峰守の顔は今日も怖い。最初は怯《おび》えていたはずのそれに羨望の眼差《まなざ》しを注ぎ、悠真は人知れず溜息をついた。

食事をするときはいつも峰守が事前に店を予約してくれるのだが、今日は悠真が行きつけの居酒屋を予約した。

やって来たのは、木目の浮いたL字のカウンター席とテーブルが四つあるだけの小ぢんまりとした店だ。店の目玉は三十種類にも及ぶ唐揚げである。唐揚げにそんなに種類があるのかと悠真も最初は首をひねったが、メニューを見れば看板に偽りがないことは一目瞭然だ。

定番のプレーン唐揚げを筆頭に、ニンニク醬油《しょうゆ》だれの唐揚げ、おろししょうがの唐揚げ、ニンニク味噌《みそ》、タルタル、ネギまみれ、ガリバタ、明太《めんたい》マヨ、明石《あかし》風と、よくもこれだけ用意したものだと唸《うな》るほどアレンジの種類がある。

その他、つくねや鳥ハムなどの一品料理も揃《そろ》っているが、毎回未知の唐揚げを注文するのに夢中で他の料理にはほとんど手をつけられていない状態だ。

テーブル席はすでに埋まっていたため、カウンター席の隅に腰を下ろして、峰守と一緒にメニューを覗《のぞ》き込んだ。

「俺はアボカドディップの唐揚げと、アメリカンな唐揚げにしてみます」

「……アメリカン、とは？」

「わからないので注文してみようかと、前に中華な唐揚げを頼んでみたら、マーボー豆腐がかかってました」

なるほどな、と呟《つぶや》いて、峰守は真剣な顔でメニューを睨《にら》む。子供が見たら泣いて逃げ出しそうな厳《いか》めしい横顔だが、狭い店内に家族連れの姿はない。好きなだけ怖い顔をすればいいと、悠真は機嫌よく峰守の姿を見守った。

悩んだ末に、峰守は胡麻《ごま》衣の唐揚げと塩こうじの唐揚げ、イタリアンな唐揚げを注文した。

まずは酒と、お通しのピクルスが運ばれてくる。甘酸っぱいピクルスをかじっていると、すぐにメインの唐揚げも運ばれてきた。揚げたての唐揚げに、悠真は歓声を上げた。

「うわ、美味《おい》しそう。アメリカンな唐揚げ、粒マスタードとケチャップかかってます。アメリカンドッグ風ってことですかね？」

「……イタリアンな唐揚げは、トマトソースとチーズがかかってる」

「イタリア料理ってトマトとチーズ使ってるイメージありますからねぇ」

二人で唐揚げをつつき合い、合間に軽く酒を飲む。

以前は週末ごとにヨシミの店に来ていた峰守だが、最近は週末に悠真と会っているせいか店には顔を出さなくなっていた。だからこうして峰守が酒を飲む姿を眺めるのは久々だ。

薄暗いバーで、峰守はいつもゆっくりとウィスキーを飲んでいた。口数少なくグラスを傾ける姿が様になっていて、ちょっと格好いいな、なんて思っていたこともあったのだが。

「峰守さんって、普段はそういうお酒飲んでるんですか？」

グラスを傾け、張り出した喉を上下させて酒を飲んでいた峰守がこちらを向く。その手にあるのは、橙《だいだい》から赤紫に美しいグラデーションを作るカシスオレンジだ。甘くてアルコール度数の低い、ジュースのような酒である。

峰守はほんの少し中身の減ったグラスをカウンターに戻し、頓着もなく頷《うなず》いた。

「そうだな、もともとあまり酒は飲まないんだ」

「うちのバーではよくウィスキーを飲んでたのに？」

「バーに来たのに水を飲んでるわけにもいかないだろう。ウィスキーなら少ない量をちびちび飲んでいればいいし、チェイサーも出る。あまり酒が飲めないから、代わりにつまみは頼んでいるつもりだったんだが」

酒も飲めないのになぜバーに、などと訊《き》くのは野暮だろう。ゲイバーに来る人間の半分は、酒以上に出会いを求めているのだ。ならばソフトドリンクでも飲んでいればよさそうなものを「酒の方が店の利益になる」なんて真顔で言うあたり、峰守は妙に義理堅い。

「峰守さんは、お酒好きじゃないんですか？」

「嫌いじゃないが、あまり強くない。早いペースで飲むとすぐ回る。度数の高い酒を水と一緒に飲んでいる分にはまだなんとか……でも、やっぱり量は飲めないな」

「だったらせめて、ビールとか」

「どうせなら甘い方がいい」

「そっか、峰守さん甘党ですもんね」

外見と中身のギャップが激しい人だとは思っていたが、ここまでか、といっそ感心した。

ちなみに悠真が飲んでいるのはジンバックだ。本当ならきりっと冷やした日本酒など飲みたいところだが、峰守がカシスオレンジなんてジュースのような酒を注文するものだから頼みそびれた。

峰守はカシスオレンジを脇に退《の》け、大きく口を開けて唐揚げを食べる。体も口も大きいせいか、肉を食べているだけなのに不思議と迫力がある。大型肉食獣の食事風景を見ているようだ。それでいて粗野な感じがしない。峰守の箸遣いが綺麗《きれい》だからか、あるいは取り皿や口の周りを最低限しか汚さない食べ方をしているせいだろうか。

食べているうちに暑くなってきたのか、峰守が無造作に袖をまくり上げた。がっしりと筋肉のついた腕は悠真のそれより一回り大きくて、感嘆の溜息をついてしまった。

(ちょっと強面だけど、顔とか体とか、実は格好いいんだよな……)

ゆるゆるとグラスを傾けながらそんなことを考えていたら、ふいに峰守がこちらを見た。

大きな唐揚げを頬張り、片方の頬だけ膨らませた峰守を見た瞬間、悠真の脳裏に流星のごとく去来したのは「可愛《かわい》い」という言葉だ。自分でも思ってもみなかった感情のうねりに驚いて、うっかり口から酒を噴いてしまった。

「大丈夫か！」

　峰守がおしぼりを手渡してくれて、悠真は謝罪と礼を伝えるつもりで弱々しく片手を立てた。

　ほんの少し前まで、あれはヤクザか、はたまた魔王か、と怯えていたはずの峰守に対して、可愛いなんて思ってしまった自分が信じられずしばし悶《もだ》える。脳のどこかの回路が誤作動を起こしたとしか思えない。

「どうした、急に。水でももらうか？」

　カウンターに肘をついて項垂《うなだ》れていたら、背中にそっと峰守の手が添えられた。

　下心の感じられない、心底こちらを案じた仕草で背を撫《な》でられ、わ、と小さく声が漏れた。過去の恋人たちは悠真が心身ともに弱っていると、心配するどころかつけこむように肩を抱いたり押し倒したりしてきた。だからこそ、峰守の献身的な態度に感動した。まだ酒なんてほとんど飲んでいないのに耳が熱くなって、ごまかすように勢いよく身を起こす。

「大丈夫です！　あの、ただ、ちょっと……」

　峰守は軽く眉を寄せ、「ちょっと？」と悠真の顔を覗き込む。出会った当初なら脅されていると思ったかもしれないその顔が、今は確かに心配そうに見えるのだから不思議なものだ。悠真は慌ただしく視線を動かし、峰守の前に置かれたカシスオレンジに目を留めた。

「ちょっと、その、俺が峰守さんみたいな外見だったら、多少苦手でも頑張ってビールとかウイスキーとか飲めるように努力しちゃうだろうなぁって、思っただけです」

峰守は一つ瞬《まばた》きをして、カシスオレンジの注がれたグラスに視線を落とした。

「……俺がカシスオレンジを飲んでいると、変か？」

「変ってわけじゃないんですけど、イメージとギャップがあるというか。峰守さん、渋い男の人って感じで、ヨシミさんのお店でもウィスキーを飲んでいるのが似合ってたので」

もしも悠真が峰守と同じ容姿を与えられたら、たとえ酒が苦手だったとしてもウィスキーに挑戦するだろうし、格好をつけるために煙草《タバコ》くらいは吸うかもしれない。峰守のようにココアや甘い酒を外で頼んだり、小動物と戯れるために動物園に行ったりすることは、多分できない。周りからどんな目で見られるだろうと思うと足が竦《すく》んでしまう。

「峰守さんって、格好つけたりしないんですか？」

峰守は無言でカシスオレンジの入ったグラスを取り上げ、その縁に口をつけた。傾けたグラスの中でオレンジと紫がゆっくりと混じり合う。ハイネックに隠れて見えない喉仏が上下する様を想像していたら、グラスを置いた峰守が伏し目がちに呟いた。

「これでも、君の前では格好つけてるつもりだ。そうでなければジュースでも頼んでる」

まだグラスの中身は半分も減っていないのに、峰守の目元は仄《ほの》かに赤く染まっている。酔っているのか、それとも照れているのか。唇を引き結んだ峰守の横顔とカシスオレンジを交互に見て、悠真は覚えず自分の胸に手を当てていた。

（カ、カシスオレンジで格好つけてるつもりだったのか……！　なんだこの人、やっぱりなんか可愛いな!?)

こんな強面な男が可愛くてたまるかと思うのに、気を抜くと胸の奥から金平糖のような淡く甘い気持ちがぽろぽろとこぼれてきてしまって、悠真は必死で服の上から胸を押さえた。

峰守は自分でも柄ではないことを言ったと思ったのか、取り繕うように咳《せき》払いなどしている。

「……似合っているとかいないとかより、自分が好きかどうかの方が重要だろう」

酒に限らず、とつけ足して、峰守はカウンターに肘をついた。

「周りの目を気にして自分の意見を曲げるのは、あまり好きじゃない」

どっしりした重低音の声は、居酒屋の喧騒《けんそう》の中でもはっきりと悠真の耳に届く。体の芯まで震わせるような揺るぎのない声に耳を傾け、凄《すご》いなぁ、と素直に思った。

峰守は、自分が他人に威圧感を与える外見であることをきちんと自覚している。峰守の好きな動物園や、保護猫カフェ、ケーキの美味しいオープンテラスの喫茶店などは、女性や子供の利用客がその大半で、峰守はどう見ても招かれざる客だ。

それでも峰守は、周りの視線に合わせて自分の行動を変えることをしない。代わりに動物園では周りの子供を怖がらせないように面をかぶるし、保護猫カフェでは女性客から離れ、部屋の隅で静かに猫と戯れる。

周りの無言の圧力に屈することなく、周囲への気遣いも忘れない人なのだ。

「なかなかできることじゃないですよね……」

溜息をついたつもりが、唇が緩んでうっかり声が出た。

唐揚げを平らげ、次の注文をすべくメニューを広げていた峰守がこちらを向く。何が、と言いたげに瞬きをされ、悠真は視線を斜めに落とした。

「俺はどちらかというと、周りの意見に合わせてしまいがちなので。何かやりたいことがあっても、自分のキャラじゃないかな、と思うと二の足を踏んでしまうというか……」

「例えば？」

短く問われ、悠真は手元のグラスに目をやった。

例えば、本当はジンバックではなく日本酒が飲みたかった、なんて言ったら峰守はどんな顔をするだろう。過去の恋人たちはあまりいい顔をしなかった。悠真が酒に強いとわかると、最初こそ「どっちが強いか飲み比べしよう」などと言うのだが、最後は悠真につぶされてプライドを傷つけられたような顔をする。

峰守はどうだろう。相手の反応が気になって本当のことが言い出せない。代わりに悠真が口にしたのは、当たり障りのない子供の頃の話だ。

「日曜の朝、テレビで戦隊モノとかやってたでしょう。俺あれが好きで、保育園の頃は友達ともよく戦いごっことかして遊んでたんです。家に帰っても祖父相手に『スーパーキック！』とかやってたんですけど、それを見かけた母親が血相変えちゃって……」

悠真が就学する前に両親は離婚して、母親に引き取られた悠真は母方の祖父母の家で暮らしていた。医療関係の仕事に就いていた母は忙しく、休日出勤はざらにあったし、明け方に帰ってくることも珍しくない。数日くらいすれ違いの生活が続くことだって間々あって、だから久々に顔を合わせた悠真が祖父にキックなんてしているのを見て驚いたのだろう。

「どうしてそんな乱暴なことをするの」と真顔で詰め寄られて困ってしまった。祖父は「ただの遊びだ」とかばってくれたが、母は耳を貸そうとしなかった。

「ユウ君はお外で遊ぶより、本を読んだり絵を描いたりするのが好きだったじゃない。もしかして、こういう遊びをしないと学校のお友達と仲良くしてもらえないの？」

ちょうど悠真が小学校に入学して間もない頃で、母親も悠真が新しい環境に馴染《なじ》めるか心配していたのだろう。それにしたって母の言葉は的外れだった。悠真が好きだったのは本ではなくて本の読み聞かせをしてもらうことで、眠る前に母が本を読んでくれなくなってからは自分でページを開くことすらしなくなった。リビングに貼られている悠真の絵だって、好きで描いたわけではなく保育園で描けと言われたから描いたに過ぎないのに。

悠真は持ちうる限りの語彙を使ってそう説明したが母は聞く耳を持たず、夜が更けてから祖母に向かって「あんな乱暴なことするなんて、お母さんたち悠真を甘やかしてるんじゃないの？」と非難めいた言葉をぶつけていた。

祖父母と母の仲が少しずつぎくしゃくしていく。そんな空気を肌で感じていたある日、母が悠真にぽつりと「この家、出て行く？」と言った。

悠真はなんと答えればいいかわからなかった。

自分のせいで母と祖父母の仲が悪くなるのは嫌だ。だが、祖父母と離れ離れになって、母が仕事に行っている間ずっと一人で留守番をしているのも嫌だった。

母だって、幼い悠真を置いて仕事に行くことなどできないことくらいわかっていただろう。きっと思いつきで口走っただけだったのだろうが、幼い悠真は必死で考えた。

ここにいたい、と言ったら、母はどうするだろう。だったら貴方《あなた》はもういらないと、悠真だけ置いてひとりで家を出ていってしまうのだろうか。そう思ったら怖くて何も言えなかった。

「それ以来、戦いごっこはやらなくなりました。友達とも、祖父とも」

遊びでも、他人を叩《たた》いたり蹴ったりすることはなくなった。言葉遣いも改めて、乱暴な物言いは極力しないようにした。一人称を「僕」に改めたのも同じ頃だ。小学校に入学してしばらくは友達の真似《まね》をして「俺」と言っていたが、母がもの言いたげな顔をしているのに気づいて「僕」に戻した。

「物静かな子でいようとして、高校まではずっと自分のこと『僕』って言ってたんです。大学に進学して、実家を出たのを機に『俺』になりましたけど」

「そういえば君、最初は自分のことを『僕』って言ってたな」

今まで特に言及されることもなかったが、峰守も悠真の一人称の変化に気づいていたようだ。

僕、と口にすると、実家にいた頃の窮屈な気持ちを思い出す。言葉の端々、箸の上げ下ろし一つにも母の目が光っている気がして息苦しかった。実際は、母は仕事で忙しく、ほとんど家にいることもなかったのに。

　家の中全体に見えない蜘蛛《くも》の巣でも張られているようだ。母本人は家にいなくとも、うっかり母の気に障るような言動をとると目には見えない蜘蛛の糸に触れてしまう。帰宅した母は巣の乱れにいち早く気づいて悠真に詰め寄るのだ。どうしてこんなことをするの、昔はいい子だったのに。いい子じゃないなら、ユウ君なんてもういらない、と。

「現実には、いらない、なんてひどいこと母親から言われたことなんてないんです。全部想像なんですけど、やたらとリアルに想像できてしまって、怖かったんです」

　あの頃の母は、いつも追い詰められた顔をしていたような気がする。離婚したばかりで生活の先行きが不透明だったせいもあるのだろう。そのひりひりした空気が、悠真にそんな妄想を抱かせたのかもしれない。

「本当は戦隊モノも、外で遊ぶのも大好きだったんですけど、母は俺が静かな遊びを好んでいると思い込んでたみたいです」

　そうではないと訴えようにも、母は仕事で家にいない。そばにいないから、悠真の不安はますます膨らむ。仕事に出たはずの母がある日ふつりと帰ってこなくなりそうで、そうならないように、とにかく母の望むいい子でいようと必死だった。

「その頃の名残なのか、妙に人目が気になるんです。実家を出てからはだいぶ改善されたと思うんですけど」

努めて明るい口調で言って、悠真はグラスに残っていた酒を一息で呷《あお》る。すっかり氷が解けて薄くなったジンバックは、うっすらと甘いばかりで酔えそうにもない。

そろそろ新しい酒を頼もうかと峰守の持つメニューを覗き込もうとしたら、斜め上からこちらを見下ろす峰守と目が合った。ずっとメニューを開いていたくせに、峰守はそちらに目も向けず悠真の話に耳を傾けていたらしい。

「今も、素の自分は出しにくいのか？」

「まあ、初対面の相手の前で猫かぶったりはしますね。素直で大人しいふりしたり」

「俺の前でも、本当の自分は出していない？」

息継ぎの合間にするりと問いかけられて、うっかり頷いてしまいそうになった。

危ういところで思い留《とど》まったものの、不自然な沈黙が落ちた。こんなの峰守の前で猫をかぶっていると白状したも同然だ。黙り込む悠真の前に、峰守がメニューを滑らせる。

「お代わりは？」

尋ねられ、悠真は掠《かす》れた声で「同じものを……」とだけ返した。峰守にはすでに諸々《もろもろ》ばれてしまっているのだろうが、開き直って日本酒を頼む勇気はさすがにない。

峰守は近くを通りかかった店員にジンバックと新しい唐揚げをいくつか頼んでいる。店員が去ったら峰守は、一体どんな猫をかぶっているのだと追及してくるのだろう。

想像して表情を硬くする悠真に、峰守がメニューを片づけながら短く告げた。

「いつか俺にも、素の君を見せてくれると嬉しい」

それだけ言って峰守は口を閉ざす。しばらく待ってみたがそれ以上の言葉はなく、悠真は驚いて峰守の顔を見返してしまった。

強引にあれこれ聞き出されるのではと警戒しただけに、肩透かしを食らったような気分だ。これまでアプリで出会った恋人たちは、悠真が猫をかぶっているなんて知ろうものなら、無遠慮に悠真の肩を抱き寄せ、胸の奥にまで手を突っ込んでこようとしたものだ。言えよ、恋人だろう、なんて冗談めかして高圧的に振る舞う彼らを見て、自分は恋人にまで侮られるんだな、と冷めた気持ちで思ったことは一度や二度では済まない。

店員が、新しい酒と唐揚げを運んできた。

峰守は唐揚げの載った皿を互いの間に静かに置く。相手との境界線を無理に越えてこない。こんなに大きな体をして、一睨みすれば相手を言いなりにできそうな顔をしているくせに。

あるいはそういう自覚があるからこそ、境界線の手前で立ち止まれるのだろうか。

「大阪《おおさか》風唐揚げは、ソースとマヨネーズがかかってるな」

直前の会話をふわりと離れ、峰守が唐揚げに箸を伸ばす。

「……たこ焼き風ってことですかね」

「かもな。横浜《よこはま》風唐揚げも注文しようか迷ったんだが、横浜風ってなんだと思う」

「横浜のご当地グルメというと……中華街があるから、中華風？」

「中華風ならマーボー豆腐がかかった中華な唐揚げが別にあるだろう」

「気になるなら、頼んでみたらどうですか？」

峰守はメニューに視線を落としたまま、うん、とも、ううん、ともつかない声を出す。

「答え合わせをする前に、あれこれ想像するのが楽しいんだ」

「でも、あれこれ考えて、思ってたのと違うのが来たらがっかりしませんか？」

そう尋ねた悠真の声が、緊張で少しだけ掠れていたことに峰守は気づいただろうか。峰守はちらりとこちらを見てから、目元に微《かす》かな笑みを浮かべた。

「がっかりしない。想像と現実が完璧に一致することなんて滅多にないし、そんなことは端《はな》から期待してない」

問題ない、と峰守は言う。

ただの唐揚げの話だ。猫をかぶった自分の話をしているわけではない。わかっていても、大丈夫、と背中に手を添えてもらったような気分になった。

（……本当かな）

なんだか峰守の顔を直視できなくなって、俯《うつむ》き気味に唐揚げを頬張る。

だったら峰守は、互いの境界線の前で立ち止まったこの状態で、悠真に対してどんな印象を抱いているのだろう。

峰守から声をかけられるまで、悠真は峰守と会話らしい会話をしたことがなかった。だとしたら、峰守は悠真の外見に惹《ひ》かれて声をかけてきたことになる。顔で選ばれたのだ。

悠真が他の客と喋っているところを見て気に入ってくれた可能性もあるが、接客中の悠真は峰守と一緒にいるとき以上に分厚い猫をかぶっている。ヨシミの迷惑になるまいと、どんなに面倒くさい客にも笑顔で応対しているからだ。それこそ、酔った客から天使だなんて呼ばれるくらいには。

さらに困ったことに、峰守に対して要らぬ警戒心を張り巡らせていた過去の悠真は、誰かとおつき合いをしたことがない、なんて嘘《うそ》までついてしまった。

本当の悠真は繊細とは言い難い大雑把な性格で、純情さなんて蹴飛ばして惚れっぽい上に、すでに何人かの恋人と肉体関係まで結んでいる。あげくその全員から「思ってたのと違う」と言われて振られていると峰守が知ったら、それでもまだ「問題ない」と言ってくれるだろうか。

(友達のままで終わっちゃうんじゃないか……？)

率直に、そうなったら淋《さみ》しい、と思った。

悠真は無言で唐揚げに箸を伸ばす。峰守が大阪風唐揚げと一緒に頼んだのは、衣に紅しょうがを混ぜた唐揚げだ。勢いよくかじりついたら中から熱々の肉汁が噴き出してきて、口の中を少し火傷《やけど》した。ひりついた口内を紅しょうがの辛みが刺激して、ジンバックを一気に呷る。

ほんの少し素の自分を見せるつもりで、まだ一杯目のカシスオレンジも飲み終えていない峰守の横で二杯目のジンバックを軽々と飲み干してみせた。峰守はそのことに驚くでもなければ揶揄《やゆ》するでもなく、「次は？」とメニューを差し出してくる。

悠真が酒豪だと知っても、峰守は受け入れてくれるだろうか。これまでの恋人たちのように理想を押しつけてこないだろうか。がっかりしないだろうか。

峰守なら、と思う一方、自分が無条件に誰かに受け入れられるイメージを上手《うま》く膨らませることができなくて、三杯目もやっぱり悠真はジュースのようなカクテルしか頼めなかった。


天井は低いより高い方がいい。

普段は天井の高さなど気にも留めないのだが、やはり低いと息が詰まる。

ハローワークという場所柄のせいだろうか。集まる人たちはみんな猫背気味で、だからますます天井が低く見えてしまうのかもしれない。

かくいう悠真も、閉館間近のハローワークで背中を丸めているのだから他人のことは言えない。カウンターの向こうに座る職員はいつも横柄な態度で気が滅入《めい》るのだが、今日はいくらか声が優しかった。項垂れた悠真がよほど追い詰められて見えたのだろうか。

「もっと積極的に動いてみてはどうですか？」

面談が終わる直前、職員にこう言われたときは「やはりそうですか」と身を乗り出しかけた。

辛うじて踏みとどまったのは、そのとき悠真の頭を占めていたのが仕事と全く関係のない事柄だったからだ。ハローワークで就職以外の相談事を持ちかけてどうする、という理性がギリギリのところで働いた。

駅前のハローワークを出るとすでに外は暗く、西の空にうっすらと夕日の名残を留めているばかりだった。悠真は横断歩道をのろのろと渡り、向かいの公園に入ってベンチに腰を下ろす。端から見れば一向に仕事が見つからず打ちひしがれている若者に見えるかもしれない。

会社を辞め、転職先を探し始めてからすでに二か月。まめにハローワークに通い、企業の面接も受けているのだが、未《いま》だに内定はもらえない。本来焦るべきところなのだろうが、残念なことに悠真の頭の中は仕事とは関係のない雑念で一杯だった。

（峰守さんをどうしよう……）

ここ数日、悠真の頭を占領しているのはそのことばかりだ。

新しい仕事探しも急務であることは間違いないのだが、前の会社からもらっていた給料はそこそこ貯《たくわ》えてある。ヨシミの店でバイトもさせてもらっているし、しばらく転職先が決まらなかったとしても、向こう数か月はライフラインが止まったりアパートを追い出されたりする心配はない。それより問題は峰守だ。

先週の土曜、峰守と初めて夜に待ち合わせをした。居酒屋で峰守はカシスオレンジを二杯しか飲まなかったが、傍目《はため》にもいい塩梅に酔いが回っていることは明らかで、これはさすがに何か進展があるだろうと期待した。それなのに、食事を終えるといつもの通り、峰守は早々に解散宣言をしたのだ。なんの未練も躊躇《ちゅうちょ》もない顔で、それこそ学生時代の友人と食事を終えた後のようにさっぱりと。

未練がましく踏みとどまったのは悠真の方だ。いい加減、友達なのか恋人なのかよくわからないこの半端な関係に終止符を打ちたかった。

いっそのことホテルにでも誘ってやろうかと思ったが、そんなあけすけな発言をしたら峰守に幻滅されるかもしれない。峰守が悠真の何に惹かれて声をかけてくれたのかわからない以上、うかつな発言は避けたかった。過去、悠真ががっつきすぎて破局した例もある。

迷った末、悠真は無邪気さを装って「峰守さんの家ってどの辺ですか?」と尋ねてみた。もしもそう遠くなければ乗り込んでやろうと目論《もくろ》んで。自室で二人きりになれば、さすがの峰守も何か行動を起こすはずだ。

峰守は少し言い淀《よど》んだものの、素直に自宅の最寄《もよ》り駅を教えてくれた。しめたことに悠真たちがいる場所からほど近い。行ってみたいです、と勢い込んで告げるつもりが「部屋がひどく散らかっているから、人を招くことはできない状態だが」とがっちり釘《くぎ》を刺されてしまった。見た目ほど天然でもなければ無邪気でもない悠真はそれ以上食い下がることができず、すごすごと峰守に別れを告げるしかなかった。結局今回も進展はなしだ。

薄暗い公園のベンチで、悠真はひとり頭を抱える。

これは一体どういう状況だろう。告白してきたのは峰守だが、実際には悠真の方が峰守を追いかけている。しかもこちらから距離を詰めようとすると、上手く峰守からかわされるのだ。

（いつまでお友達やってるつもりだよ、告白してからもう一か月だぞ？　いい加減キスの一つや二つ仕掛けてくるだろ、普通……！）

これまでマッチングで出会った恋人たちは性急に関係を深めようとする傾向が強く、悠真はむしろそれをかわそうと必死になっていただけに、何も手を出してこない峰守の奥手ぶりにどう対応すべきかわからない。おかげでここ数日は夜も悶々《もんもん》として眠れず、バイト中、ヨシミや圭介に顔色が悪いと指摘される始末だ。

項垂れて溜息をついたそのとき、目の端を黒い影が過《よぎ》った。

何か予感めいたものを感じて悠真は顔を上げる。

駅前を、電車を降りてきた人や駅へ向かう人がぞろぞろと歩いていく。公園を囲う植木の向こう、絶え間なく流れていく人の中に、ひときわ大きな人影を見つけて悠真は目を見開いた。

波立つ海をざっぷりと横切る、黒い軍艦のようなあの姿は間違いない、峰守だ。

悠真はあたふたとベンチから立ち上がると、人波から頭一つ飛び出した峰守の背を追いかけ公園を飛び出した。

「み、峰守さん！」

雑踏の中で声を張り上げると、前を行く峰守がわずかにこちらを振り返った。人込みに呑《の》まれそうになりながら悠真が必死で手を振ると、軽く目を見開いてこちらにやってくる。

「ミキちゃん？」

駅へ向かう人波に逆らうように歩いてきた峰守が声を上げる。決して大きな声ではなかったが、先程悠真が声を張り上げたときより多くの人が峰守を振り返った。強面の大男が口にするには可愛い名前を耳に留め、誰を呼んでいるのだと探すように周囲の目が忙《せわ》しなく動く。

当の悠真も、峰守からミキちゃんなんて呼ばれるのは初めてで足が止まりかけた。これまで峰守は悠真を呼ぶとき、君、としか言わなかったからだ。

初めて名前を呼ばれてくすぐったいやら、周りの目線が気恥ずかしいやらで、悠真は無言で峰守の袖を引いて公園の前まで戻った。

「み、峰守さん、ミキちゃんって……」

「君の苗字、三城《みき》だろう？　店でもみんな君のことをそう呼んでいたし」

「いや、まあ、そうなんですけど、その呼び方はちょっと」

ゲイバーの中では違和感を覚えたこともなかったが、店から出てまでその名で呼ばれるとさすがに悪目立ちしてしまう。わかるでしょう、と悠真が目で訴えれば、峰守は小首を傾《かし》げて「悠真君？」と言った。

三城、とか、三城君あたりの呼称を予想していた悠真は、突然下の名前を呼ばれたことに驚いて、「はい」と裏返った声で返事をしてしまった。

　これまで悠真を名前で呼んできたのは、家族か恋人くらいのものだ。峰守は——なんだろう、友人だろうか。恋人ではない、まだ。うろたえて口ごもっているうちに、峰守に納得顔で頷かれてしまった。今後は悠真君と呼ばれることが決定してしまったようだ。

　向かい合って立つ峰守は珍しくスーツなど着ている。暗いグレーのスーツにネクタイを締め、黒いコートを羽織った姿はいつにも増して男振りが上がって見えた。入社から一年以上経《た》ってもリクルートスーツを着た学生に間違われていた悠真からすると、羨ましいほどの貫禄《かんろく》だ。

「あの、つい呼び止めてしまったんですが、もしかしてお仕事中でしたか？」

「大丈夫だ、客先から会社に戻るところだから。君はこれからヨシミさんのバーに？」

「いえ、今日はバーの仕事は休みで、ハロワの帰りでして……」

　ハロワ、と峰守は口の中で呟き、一拍置いてから職業安定所のことだと理解したらしい。少しだけ表情が硬くなった。

「バーの仕事を辞めるのか？」

「すぐにってわけではないんですが、いずれは。もともと一時的なバイトのつもりで始めたんです。前の会社でちょっといろいろあって、無気力になっていたところをヨシミさんに拾ってもらったので」

　無気力というより、自暴自棄と言った方が近いかもしれない。会社を辞めた後、失業手当をもらうべくハローワークで手続きだけは済ませたが、すぐには求職活動を始める気にもならずバーで無茶な飲み方をしていたらヨシミが声をかけてくれたのだ。あのときヨシミが「酒ばっかり飲んでないでなんか食べなさい」とまかないのおでんを食べさせてくれなかったら、こうして月に数回ハローワークに通うことすら覚束《おぼつか》なかっただろう。

当時の荒れた生活を思い出していると、峰守に控えめに声をかけられた。

「新しい仕事は、見つかりそうか？」

「いやぁ、なかなか難しいですね。今日も職員の人に『もっと積極的に動いてみてはどうですか？』なんて言われちゃいました。やる気がないわけじゃないんですけど、前の会社のことを思い出すとつい、何をやっても上手くいかないような気がしてしまって……」

悠真は溜息をついて、すぐにそれを苦笑でかき消した。

「すみません、こんな辛気臭い話で引き留めてしまって」

愚痴めいたものをこぼしてしまったのが恥ずかしく、そそくさとその場を離れようとしたら峰守に呼び止められた。

「待った。もう少し話が聞きたい、どこかに入らないか？」

「え、でも、峰守さんこれから会社に戻るところなんですよね？」

「こんな半端な時間だし、会社に戻らず直帰しようか迷っていたんだ。一応会社に電話を入れて、急な要件が入っていないか確認してみる」

待っていて、というように片手を立て、峰守は携帯電話を取り出して電話の向こうの相手と何事か喋り始めた。手短に用件を終えると、「直帰で問題ないそうだ」と悠真の方を振り返る。あとはもう、こちらが断る隙も与えず近くの喫茶店に悠真を連れ込んでしまった。

駅前の喫茶店は混み合っていたが、タイミングよく空いた隅のテーブル席を確保できた。

席に着くと、峰守はすぐにケーキセットのページを開いたメニューを悠真に差し出してくる。よかったら、と甘いものを勧めてくれたのは、転職活動が上手くいっていない悠真を慰めようとしているのだろうか。甘いものが好きな峰守らしい発想だと目を細め、悠真はチーズケーキとコーヒーを注文した。峰守もチョコレートケーキとカフェオレを注文する。

椅子に深く座り直し、軽くネクタイを緩める峰守は大層姿勢がいい。薄暗いバーではヤクザの幹部に見えたが、今日のように前髪を軽く後ろに流し、照明の華やかな喫茶店でさらりとスーツなど着こなしていると、むしろ大企業の若手幹部のように見えた。

「峰守さんって、どんなお仕事してるんですか？」

もはや峰守が裏社会とつながりのある人間だなんて疑ってもいない悠真は、ごくありきたりな質問のつもりで尋ねる。しかしどうしたわけか、峰守は水の入ったコップを持ち上げる手を不自然に止め、そのまま硬直してしまった。

「……会社員だ」

コップを宙に浮かせたまま峰守は言うが、それなら前にも聞いている。もう少し詳しく教えてほしくて、思い切って「具体的には？」と踏み込んだ質問をしてみた。

「………IT関係」

これまたざっくりした回答だ。一口にITと言っても、ハードとソフトのどちらに関わっているのか、通信サービスかウェブサービスかで業態も変わってくるだろうに。

峰守の眉間には渓谷のような深い皺が刻まれていて、それ以上訊いてくれるな、と訴えているのが表情から伝わってくる。峰守のことだから後ろ暗い仕事をしているわけでもないだろうに、と不思議に思っていたら、店員がケーキセットを運んできた。

チョコレートケーキを見た途端、峰守の眉間の皺がわかりやすくほどけて悠真は噴き出す。仕事のことについて言いたくないのには何か理由があるのだろう。追及をやめてフォークを手に取れば、峰守もホッとしたような顔でフォークに手を伸ばした。

「転職活動は、まだしばらく続きそうか？」

「そうですね、前途多難です。前の職場と同じ職種にするかどうかも決めかねていて」

「……前の職場の話を聞いても？」

峰守の声にはどこか遠慮が感じられる。自分の仕事に関する話題は避けたくせに、悠真に前職の話を振るのは悪いとでも思っているのかもしれない。妙なところで気遣いをする峰守に含み笑いして、悠真はチーズケーキを口に放り込んだ。

「イベント企画会社です」

「イベントというと、夏場にやっている野外音楽祭のような？」

「そういう季節のイベントもやってましたね。春はお花見関連のイベントとか、冬はスキー場のイベント、身近なところではショッピングモールのヒーローショーとか、駅前で化粧品のサンプル配布とかも」

へえ、と峰守がわずかに目を細める。片手間に訊いてくれればいいのに、峰守はケーキを食べる手すら止め一心に耳を傾けてくれるので、嬉しくてつい悠真の口も軽くなった。

「高校のとき、文化祭の実行委員をやったんです。当時は部活も何も入ってなくて、手が空いてるからってクラスメイトに押しつけられる形で」

悠真がまだ自分のことを「僕」と言っていた頃のことだ。家だけでなく学校でも物静かな生徒と認識されていたせいか、たまに面倒な仕事が回ってきた。

文化祭の実行委員なんて雑務ばかりの裏方作業だろう。声を荒らげて断るのもなんだか自分のキャラではない気がして諾々と受け入れた。

でもそれが、思いがけず面白かった。

「文化祭実行委員って大勢の人の目に触れるような仕事じゃないんですけど、陰の実行役みたいな感じで各イベントに深く関われるし、発言権も大きいんです。最初は問題が山積みで、無事に文化祭当日を迎えられるんだろうかって不安もあったんですけど、いざやってみると、あれこれ絡まってた案件を大騒ぎしながら解決していくのが爽快ですらありました」

あれもしたい、これもしたいと各所から様々な案が出る。それはできる、それは無理、こっちは検討する、と要望を捌《さば》きながら新しい案を組み立てていくのは楽しかった。イベント当日までという時間制限があることが緊張と高揚を生んで、夏休みから秋にかけてのあの時期は息もつけず、全部終わったときには疲労困憊《こんぱい》して立っているのもやっとだった。だというのに、あの時間を思い出すと自然に頬が緩んでしまう。

「あの一回ですっかりイベント主催の面白さにはまってしまって、大学では四年間学祭の実行委員を務めました」

思えば大学に在学していたあの頃が、一番充実した日々を送っていたかもしれない。

子供の頃は母の意に沿わない行動をとらないように必死だったが、今や悠真は一人暮らしができるほど大きくなったのだ。母親の視線を気にする必要はもうない。実家を出て初めてその事実を実感し、ようやく一人称も「俺」に変わった。高校時代は「僕」という一人称をからかわれることもあったのでなんだかとても嬉しかったことを覚えている。

恋人が初めてできたのも大学生のときだ。文化祭実行委員の先輩に酒を教えてもらい、酔った勢いでゲイ向けのマッチングアプリをインストールした。

高校時代にはすでに自分の恋愛対象が同性だと自覚していたが、当時は誰にも打ち明けられなかった。特に家族にばれるのが怖くて、ネットでゲイ関連の言葉を検索することすら避けていたが、今や誰とどんなつき合いをしてもそれを咎《とが》める人はいない。

悠真の優しげな外見に引き寄せられるのか、マッチング相手は判で押したように強引なタイプが多かったが、悠真ももう黙って言いなりになるばかりではなかった。母親の前では遠慮をしていただけで、本来気は強い方だ。恋人と口喧嘩《くちげんか》もしたし、お互い手が出たこともあった。結果、「こんなにきつい性格だと思わなかった」なんてことを言われて別れを切り出されることもあったが、自身の行動を改めるつもりはなかった。むしろちゃんと他人に言い返せるようになった自分を誇らしくさえ思った。

「当時は謎の自信に溢《あふ》れてたもんです。若気の至りだったのかもしれませんけど。でも、おかげで就活はとんとん拍子に進んで、大手のイベント企画会社に就職できたんですよ」

「それは凄いな」

峰守の声は低くて一本調子だが、何度も言葉を交わすうちに、語尾が微かに跳ねるその響きに驚きが含まれていることがわかるようになってきた。自分で自分を持ち上げ過ぎたかと照れくさくなったが、ここからの話題は一気に下り坂だ。

「企画部を志望してたんですけど、配属されたのは営業部でした。担当するのは官公庁向けのイベントばかりで、思っていたのとはだいぶ違いましたね」

「官公庁向けというと、例えば？」

「啓蒙《けいもう》イベントとか、国や市町村、公共団体からのＰＲイベントとかです。食品ロス削減運動をＰＲするようなイベントは、消費者庁とか農林水産省が絡んでることが多いです。文化映画週間は文化庁とか、フォトコンテストは環境省とか」

少々堅苦しいイベントが多かったが、やりようによっては集まってくれた人たちも楽しんでくれる。そこは悠真たちの腕の見せどころだ。

官公庁向けのイベントが嫌だったわけではない。希望とは違う部署に配属されたのも、新入社員なら仕方のないことだ。ここで経験をつけていつか企画部に、という希望もあった。入社一年目までは、確かにそういう気持ちもあったのだ。

だんだんと口が重くなってきた悠真を急《せ》かすでもなく、峰守は静かにケーキを口に運ぶ。チョコレートケーキが残り一口になる頃、ようやく「よほど忙しかった?」と水を向けてきた。

悠真はとっくに空にしていた自分の皿を眺め、微かに笑った。

「忙しくはありました。雑用はやってもやっても終わらないくらいありましたから。でもきつかったのはむしろ、先輩が俺に仕事を振ってくれないことでした」

ケーキを食べ終えた峰守が汚れた皿を脇にどけ、膝の上で手を組んだ。話を聞く態勢は整ったとばかり真顔で先を促してくる。こんな愚痴じみた話を聞く義理なんてないだろうに。面白い話じゃないですよ、と前置きして悠真は続けた。

「新人研修が終わったあと営業部に配属されて、教育係の先輩の下で働くことになりました。俺より四つ年上のその先輩と一緒に営業に回ることもあったんですけど……俺は後ろに控えてるだけで、何も言わせてもらえないんです」

自分のような新人より、経験豊富な先輩が応対した方がスムーズに話が進むことは悠真だって百も承知だ。だからといってずっと先輩の後をついていくだけでは経験も積めない。

入社から一年が過ぎる頃、同じ営業部に配属された同期のメンバーと飲みにいった。同期のみんなは少しずつ仕事を任せてもらえていることがわかって、未だに先輩のカバン持ちのようなことしかさせてもらっていなかった悠真は焦った。

何かしなければと、帰宅後に一人でセールストークの練習をしたり、自分なりにプレゼン用の資料など作って先輩に提出してみたりするのだが、先輩は悠真の資料を見もせずに「三城はまだこういうことしなくていいよ」と言うばかりだ。

納得できずに悠真が食い下がると、悪びれもしない態度でこう言われた。

「三城は顔が綺麗だからさ、俺の後ろでニコニコしててくれれば十分なんだよ。俺はほら、見た目がチャラいだろ？　だから三城みたいに、ちょっと品のよさそうなお坊ちゃんが一緒にいてくれると、お堅い役所のオジサンたちが安心するみたいなんだよ」

あのときの、みぞおちの辺りがすぅっと冷えていく気持ちを思い出す。

溜息をついたら、向かいに座る峰守の眉間にこれまで見た中で一番深い皺が寄った。

「――家に帰ってからセールストークの練習をして、自発的に資料まで作ってきた君に向かって、そんなことを言ったのか、そいつは」

大きな石を引きずるような、硬くて重い声で峰守が言う。

緊張や動揺で峰守の声が低くなるところは何度か耳にしたが、不機嫌のせいで低くなったのはこれが初めてだ。いつもの声とまるで違う。表情も怖いくらいに殺気立っているが、怯えるどころか悠真は笑ってしまった。峰守が自分のために怒ってくれているのだと思うと、腹の底にわだかまっていた怒りや絶望がゆっくり溶けていくようだ。

「指導者として不適切だ。指導係を替えてくれるよう上司に相談はしなかったのか?」

「それも一瞬考えたんですが、入社してやっと一年が過ぎたばかりの新人ですから、むしろ自分が出しゃばってしまったのかと悩んでしまって……」

仕事のイロハもまだ覚えていないのに、自分も交渉の場に立ちたいなんて望む方が身の程知らずなのかもしれない。そう思うと、上司に進言するどころか周りに相談することすらできなかった。

「でも、先輩の後ろをついて回るだけでも十分勉強させてもらうことはできますし、頑張って先輩の技を盗んでやろうって、去年の夏頃までは頑張ってたんです」

相変わらず先輩は自分を後ろに下げたままだったが、悠真は実際の営業を想定したロールプレイングを毎日欠かさなかったし、一人コツコツとプレゼン資料を作る練習などもしていた。

そんなある日、地方の酒蔵が集まって行われる日本酒イベントの社内コンペが行われることになった。国税庁も絡んだイベントで、悠真の部署にもその話題は伝わってきた。

日本酒が好きだったこともあり、悠真は無理を承知でコンペに参加したいと先輩に打ち明けた。「新人には無理に決まってるだろ」と笑い飛ばされるのも覚悟の上で。

だが、予想に反して先輩は「そんなに参加したいならプレゼン資料作ってきて」と言った。

これまで悠真が作った資料に先輩は目を通すこともなかっただけに、その一言は飛び上がるほど嬉しかった。だから忙しい仕事の合間を縫って、必死で準備を進めた。

「地方の蔵元さんが集まって、東京《とうきょう》での知名度を上げるために試飲会をするんです。商品PRイベントですね。正直、右も左もわからない状態だったんですけど、何かやらせてもらえることが嬉しくて、自腹で新幹線のチケット買って蔵元まで酒飲みに行きましたよ。日本酒を多く扱ってる居酒屋なんかにも足を運んで客層をチェックしてみたり、店主に話を聞かせてもらったり、過去に自社で手掛けた日本酒イベントについて調べたり。どれだけ時間がかかっても、全然苦じゃなかった」

そうやって睡眠時間さえ削って作った資料を、悠真は勇んで先輩に提出した。

自分の席までやってきた悠真を怪訝《けげん》そうに見上げた先輩は、差し出された資料を見て目を見開き、ぽかんとした顔でこう言った。

「マジで作ってきたの？　三城、酒も飲めないのに？」

あのときの自分は、たぶん先輩以上に呆気《あっけ》にとられた顔をしていたはずだ。

飲めないどころか、悠真はめっぽう酒に強い。だが、周りと同じペースで飲んでいると「大丈夫？」と声をかけられることは学生時代からあった。ぱっと見は成人しているかどうかすら怪しい童顔の悠真だ。無理やり酒につき合わされていると勘違いする人が多かった。

会社に入ってからも飲み会でたびたび同じ勘違いをされ、一度など酒豪の上司につき合って酒を飲んでいたら、上司にあらぬアルハラ疑惑がかかってしまった。以来、職場の人間と飲むときはペースを抑えるようにはしていたが、それを見た先輩は悠真が酒に弱いと思い込んでいたようだ。

「マジで作ってきちゃったのか！　あの件なら、もうとっくに担当者が決まってるのに」

唖然《あぜん》と立ち尽くす悠真に向かって先輩は言った。笑顔のまま、詫《わ》びることもせずに。

「——……そいつの名前は？」

長いこと無言で相槌《あいづち》を打っていた峰守が、耐えかねたように口を開いた。人間の可聴範囲をそろそろ逸脱するのではないかと危ぶまれるほど低い声だ。その上峰守の目は恐ろしく剣呑《けんのん》で、悠真はぎょっとして体を後ろにのけ反らせた。

「そ、そんなもの聞いてどうするんですか」

「とりあえず、覚えておく。どこで遭遇するかわからんだろう」

先輩と遭遇したとして、一体何をするつもりだろう。この様子では問答無用で相手の胸倉を摑《つか》みかねない。

「いいんです。もしコンペに参加できていたとしても、入社二年目の新人の企画なんて通らなかったと思いますし」

「だとしても、人の努力を無下にしたんだぞ。今度こそ上司に報告したんだろうな？」

「いや、それが……」

まさかしてないのか、と峰守が身を乗り出してくる。

当時の悠真も、こんなの笑って流せる冗談ではないと思った。だがあのときは、資料を作った時間も手間も何もかも水泡に帰してしまったことに呆然《ぼうぜん》として、先輩をなじるだけの余力もなかったのだ。

青ざめて、今にも膝から崩れ落ちそうになっている悠真を見て、さすがに先輩もまずいと思ったのだろう。笑いを引っ込め、慌てて弁解をしてきた。

「『三城はまだ大きな仕事を担当したことがないから、焦っているんだろうと思った』って先輩は言いました。内容なんてそっちのけで、イベントの規模が大きかったから手を挙げたんだろうって。コンペ用の資料を作るのも勉強の一環になるし、どうせだったら本番さながらに本気で作らせてみようって考えて、俺が立候補した時点で担当者がほとんど決まってたことは伏せてたんだって言ってました」

「そんな言い分で納得できることではないと思うが……」

「それに、先輩は俺が無類の酒好きだって知らなかったんです。あんな情熱を込めた資料を持ってくるなんて夢にも思わなかったんでしょうね。資料を見た後はさすがに悪いと思ったのか、お詫びに飲みに誘ってくれましたよ」

その場で平身低頭謝られて、悠真も矛を収めようと思った。でもそうできなかったのは、居酒屋にやってきた先輩が最後の最後でこんなことを言ったからだ。

「俺のおごりだから好きに飲め。せっかくだから俺と飲み比べとかしてみるか？　先につぶれたほうが相手の言うことをなんでも一つ聞くとか、どうだ？　なんでもな、なんでも！」

悠真が勝負に乗るとも言わないうちから、先輩はどんどん話を進めていく。

それを見て、悠真は心底思ったのだ。

ああ、舐められてるなぁ、と。

悠真は酒が強いと言っているのに、先輩はそれを話半分にしか聞いていない。飲み比べなどしたら自分が勝つと信じ込んで、妙な勝負まで吹っ掛けてくる。そして想定通り悠真が負けたら「コンペの件はチャラにしろよ。負けた方が相手の言うこと聞くって約束だろ」なんて言ってくるつもりなのだろう。単なる想像でしかないのに、実際耳元で囁《ささや》かれたようにくっきりと先輩の声や口調が思い浮かんで、たまらない気分になった。

悠真は大人しく先輩の誘いに乗って酒の飲み比べを始めた。結果は想像通りだ。三時間も経つ頃には、先輩はテーブルに突っ伏して頭を上げることすらできなくなっていた。

泥酔して低く呻《うめ》いている先輩を見下ろして、悠真は顔色一つ変えずに日本酒を飲み続けた。口の中に広がる酒はこんなにも甘く豊かな香りを放っているのに、飲んでも飲んでもちっとも酔えない。頭の芯は冷たくなる一方で、反対に腹の底はぐらぐらと煮立っている。

先輩と一緒に仕事をするようになってから日に日に溜まっていく鬱憤には極力目を向けない

ようにしていたが、もう限界だ。これまでも、何度煮え湯を飲まされたことだろう。

先輩は悠真の努力も成果もすべて黙殺する。悠真が休み時間にプレゼンに関する本など読んでいると「そういうの、机上の空論だぞ」などと鼻で笑うくせに、悠真が上司に褒められると「俺の教え方がいいおかげだろう」と冗談とも思えぬ口調で言う。実践あるのみ、と言いながら商談の場では悠真に口を開かせることはなく、仕事とは関係のない世間話になると悠真に話を振ってくる。後は適当に話を合わせておけ、と言わんばかりに。

いい加減にしてください、と何度も声を荒らげようとした。でもできなかった。どこで怒りを爆発させるべきか迷っているうちに、いつもタイミングを逃してしまう。

先輩が酔いつぶれても構わず新しい酒を注文し続けていると、途中で先輩が顔を上げ、赤く充血した目でどろりと悠真を見た。愛想笑いもなく無言で酒を飲む悠真を見上げ、口の中で舌打ちすると、先輩はテーブルに向かってくぐもった声で言った。

「一丁前に怒ってんなよ……。お前は顔がいいんだから、どうせ人生イージーモードなんだろ。だったらちょっとぐらい、我慢しろ」

くだらないやっかみだ。でも、酔った口から飛び出たそれは本音だろう。

自分も本気で酔っぱらえたら、先輩に啖呵《たんか》の一つも切れただろうか。けれどどれだけ杯を重ねても悠真は酔えない。頭のどこかは冷えたままで、機械的に酒を飲み続けることしかできなかった。

「あのとき、つくづく思ったんです。俺って成長してないんだなぁって」

悠真は喫茶店の天井を見上げ、放り投げるような口調で言う。

大学に合格して実家を離れ、恋人もできたし、思ったことも口にできるようになった。もう人目を気にして言いたいことを呑み込んだりしない。母親の呪縛から解き放たれたのだと思っていたけれど、実際はどうだろう。

就職活動の際、悠真は大手のイベント企画会社にしかエントリーシートを出さなかった。母親は堅い職業を望むはずだ。イベント企画会社に入りたければ大手でなければ納得してくれない。そんなことを無意識に考えて、他の選択肢を捨ててはいなかったか。

無事に入社した後も、教育係の先輩の前ではいい顔しかできない。母親の前で自分を殺して押し黙っていたように、先輩からひどい扱いを受けても笑顔で耐えてしまった。

「子供の頃は母の言いなりで、社会に出たら先輩に舐められて、なのに怒ることもできないなんて、俺って一生変われないのかなぁって。そう思ったらぽっきり心が折れてしまって、それで退職願を出したんです」

天井から正面に視線を戻し、情けないでしょう、と笑ってみたが、峰守は笑わなかった。テーブルの上で硬く手を組み、険しい表情でこちらを見ている。怒ったようなその顔には迫力があって、この人みたいな外見だったらな、と思わずにはいられない。

恋人と喧嘩をするようになってわかったことは、自分のことを侮っている相手に何かを言い返すと、火に油を注ぐ結果になりやすいということだ。相手はこちらを下に見ているから、反論してくること自体気に入らないのだろう。

自分も峰守のように体が大きくて顔に迫力があったら、先輩に「いい加減にしてください」と言い返すことができただろうか。先輩だって反省したかもしれない。でもこの外見では望むべくもないことだ。無表情を貫くことで悠真が怒りを露《あら》わにしたとき、先輩が反省するどころか舌打ちしたのがいい証拠だ。生意気だ、とますます相手の神経を逆撫《さかな》でしてしまう。

悠真は目を伏せ、溜息に苦笑を混ぜて呟く。

「新しい仕事も探しているんですが、この見た目じゃどこに行っても舐められて、大変な仕事を押しつけられて終わるんじゃないか、なんて悪いことばかり考えてしまうんです。そんなことだからハロワでも、もっと積極的に、なんて言われるんだと思います」

長い昔語りを終え、喉の渇きを覚えてコーヒーカップを持ち上げたが、すでに中身は空だった。仕方なくソーサーにカップを戻したところで、それまで黙っていた峰守が口を開いた。

「……君、そんなに酒が強いのか？」

予想していなかった質問に、悠真は視線をさまよわせた。

「好き、ですね。日本酒とか……」

「だったら前に居酒屋に行ったとき、どうして日本酒を頼まなかったんだ？」

まさかここでそんなことを指摘されるとは思わなかった。だが、峰守が自分の長話に真摯につき合ってくれたことを思えば適当な嘘であしらうことなどできるはずもなく、悠真は肩をすぼめて答えた。

「……この顔で大酒飲みなんて、イメージじゃないかな、と思って」

「体調を崩していたわけではなく？」

嘘をついていたことを咎められるかと思いきや、またも峰守は意外なことを言う。こんなときにそんな心配をしてくれるのか、と驚いて「体調は万全でした！」と力強く請け合った。

「ならよかった。ところで、これから何か予定は？」

「え、俺ですか？　今日はバイトも休みだし、特には……」

悠真が言い終わらないうちに、峰守が伝票を摑んで席を立つ。唐突な行動に驚いて動けない悠真を見下ろし、峰守はにこりともせずにこう言った。

「よかったら、これから飲みに行かないか」

会計を終えて喫茶店を出た峰守は、携帯電話で手早く近くの居酒屋を調べると、一件の和風居酒屋に悠真を連れ込んだ。

暖簾《のれん》をくぐって店に入った瞬間、悠真はわっと目を輝かせた。木のぬくもりを感じるカウンターの奥に、ずらりと日本酒の瓶が並んでいたからだ。

平日だというのにすでにテーブル席は埋まっていて、カウンターに通された。椅子に腰を下ろすなり、峰守が日本酒の名前が並んだメニューを差し出してくる。

「今夜は飲んでくれ。君の好きなものを、好きなだけ。俺も飲む」

「えっ、でも、峰守さんあんまりお酒強くないですよね？」

「強くはないが、嫌いでもない。全く飲めないわけでもないしな。君のお勧めを教えてくれ。一緒に飲もう」

まごついたものの、峰守に引き下がる気はなさそうだ。本当にいいのかな、と迷いながらも、悠真は米どころで有名な山形《やまがた》の酒を注文した。

峰守はカウンター越しに店員を呼び、酒と数種類のつまみを注文する。すぐに徳利と猪口《ちょこ》が二つ運ばれてきて、峰守が酒を注《つ》いでくれた。自分も手酌で酒を注ぎ、猪口を軽く掲げる仕草をする。カシスオレンジで目元を赤くしていた峰守に日本酒など飲ませて大丈夫だろうかとハラハラしつつ、悠真も軽く猪口を上げて口をつけた。

（あ、美味しい……）

直前まで峰守の心配をしていたはずなのに、舌先に冷たい日本酒が触れた瞬間、酒に意識を持っていかれた。

口に含んだ酒は甘さがしつこくなく、後味がきりりとしている。飲み込めば口の中に華やかな香りが広がって、こんな状況にもかかわらず唇の端がむずむずした。美味《うま》い酒に、つい口元が緩んでしまう。

猪口の端から目を上げると、峰守がじっとこちらを見ていた。美味い酒にニヤついていたところを見られたかと慌てて表情を引き締めれば、峰守の目元が優しく下がる。

「君のそんな顔が見られるなら、前回も日本酒を頼めばよかった」

何度見ても、峰守の柔らかな笑顔にはドキッとする。動揺して猪口の中身を飲み干してしまった。

峰守はすぐに徳利を持ち上げ、空になった悠真の猪口に酒を注ぐ。なみなみと注がれた酒が溢れそうになって、唇から猪口を迎えにいった。鼻先を独特の甘い香りが過って、んん、と思わず声が出る。

「……美味しいです！」

猪口から唇を離した瞬間、呻くように呟いていた。

峰守は小さく肩を震わせて笑い、自分も猪口に口をつける。

「峰守さんは、どうですか？」

「うん。美味い」

「無理してません……？」

「してない。強くはないが、酒の味がわからないわけじゃない」

猪口の縁から目元だけ覗かせ、美味いよ、と峰守は目を細めた。

いつもより少し砕けた峰守の表情を見たら、まだいくらも飲んでいないのに首筋がふわっと温かくなった。服の下でゆっくりと体温が上昇していくのがわかる。この程度で酔うわけもないのに。うろたえているうちに二杯目の猪口も早々に空になった。それを見た峰守がまたしても酒を注いでくれる。自分でやる、と断ってみても、いいから、と譲らない。

峰守はまだ唇を湿らせる程度にしか飲んでいないのに、自分ばかり申し訳ない。そうは思うが酒は美味い。言葉を探しているうちにすぐ三杯目も空になる。

今度はもう、悠真が猪口をテーブルに置く前に峰守が徳利を構えていた。悠真はためらったものの、結局そろりと峰守の前に猪口を差し出す。

徳利を傾けながら、峰守が耐え切れなくなったようにふっと唇を震わせて笑った。

「もしかして君、前回はだいぶ酒の量を控えてたな?」

「……た、多少は」

「俺が飲めないから? 気を遣わせたなら申し訳なかった」

「いえ、そういうわけでは……!」

思ったより大きな声が出てしまい、悠真はごまかすように咳払いをした。

「……ただ、あまりガバガバ飲むと、幻滅されるかな、と思って」

峰守は徳利をテーブルに戻し、思案気な顔で顎を撫でる。

「喫茶店でもそんなようなことを言っていたな。イメージじゃない、とか……」

「よく言われるんです。思ってたのと違う、みたいなことを……」

峰守はカウンターに頬杖《ほおづえ》を突き、つくづくと悠真を見詰めてから言った。

「俺は、君が美味そうに酒を飲むのを見ていると楽しい」

そう言った峰守の目元に浮かんだのは微かな笑みだ。

普段から、峰守は大きく表情が変わらない。だからこそ、ときどき見え隠れする表情には嘘がない気がした。

「君がどんなに突拍子のないことをしても、幻滅するより面白がってしまうだろうな」

独り言のような峰守の言葉に、そうだったらいいな、と思った。これまでの恋人のように、思っていたのと違う、と峰守が自分を放り出さないでいてくれたらいい。

悠真は猪口に唇をつけて深く目を伏せる。どうしてか、猪口から立ち上る酒の匂いがより華やかに、甘くなった気がして、ほぅ、と息をついた。

会社の先輩と酒を飲んだときは腹の底が煮えたぎるように熱かったが、今はみぞおちより少し上の、胸の辺りが仄《ほの》かに温かい。

猪口を満たす酒が吐息で揺れ、悠真はそれを一息で飲み干した。酒を飲んでも酔うことなど滅多にないのに、鼻から抜ける香りに軽い酩酊感《めいていかん》を覚えて不思議に思う。そっと峰守に目を向けると、峰守はようやく一杯目の猪口を空にしたところだ。

猪口を置いた峰守が、長い指を伸ばして徳利を取る。なんでもない仕草なのに、急に峰守から目を逸《そ》らせなくなった。徳利を軽く振った峰守が「空だ」と言って小さく笑い、どうしてか息が止まりそうになる。

「次は何を頼む？」

一合の大半を悠真が飲んでしまったというのに、峰守は鼻白むどころか楽しそうにメニューを広げて悠真の前に差し出してくる。

「あの……じゃあ、これ……」

「……白銀龍《はくぎんりゅう》？　なんだか強そうな名前だな。辛い？」

「いえ、むしろフルーティーな香りで飲みやすいです。それにこれ、白銀龍の垂れ口なので。季節限定商品で、冬場しか飲めないんですよ。垂れ口の方が甘いので、峰守さんも飲みやすいんじゃないかと思います」

話し込んでいたら、カウンターの向こうから店員が料理を渡してきた。牛すじと豆腐の煮込みと、薬味がたっぷり入ったなめろうだ。白い割烹着《かっぽうぎ》を着た五十がらみの店員は、カウンター越しに悠真の声が聞こえたのか「白銀龍の垂れ口？」と尋ねてきた。

「お客さん、日本酒好きなんですか？　随分詳しいみたいですけど」

「あ、いえ、聞きかじりなので詳しくはないですが、日本酒は好きです」

「飲みっぷりもいいから嬉しいね。最近の若い子はあんまり日本酒を頼まないから」

そう言って、店員は日に焼けた顔にクシャッとした笑みを浮かべた。

すぐに新しい徳利が運ばれてきて、お互いの猪口に酒を注ぐ。

峰守は指先で猪口を持ち、すん、と酒の匂いを嗅いでからゆっくり器に口をつけた。用心深い猫のような仕草だ。一口飲んで、うん、と頷く。

「美味い」

「よかった。でも無理しないでくださいね、お水も飲んでください」

念のため注意を促し、悠真も酒を一口飲む。とろりと甘い酒に目元をほころばせると、峰守がリラックスした様子でカウンターに肘をついた。

「君は本当に美味そうに酒を飲むな」

悠真も今更日本酒好きを隠す気にはなれず、「実際美味しいですからね」と目尻を下げた。

「さっきの店員も言ってたが、若い子が日本酒を飲むのは珍しいんじゃないか？」

「言われてみれば、大学の友達はあまり日本酒とか飲まなかったです。同僚も」

「俺も、なんとなく上の世代の人たちが飲むものだと思ってた。酒自体もくせが強い気がして手を出してなかったんだが、口当たりがいいものもあるんだな」

「そりゃそうですよ。日本酒にも色々種類がありますから」

店のメニューには利き酒セットなんてものもある。峰守と飲み比べをしてみようか、なんて楽しい想像をしていたら、峰守の低く落ち着いた声が耳を打った。

「日本酒のイベントで君みたいな子が丁寧に説明をしてくれたら、若い人や女性が足を止めてくれるんじゃないか？　俺みたいに威圧感がある人間が立っていたら説明を聞く前に回れ右をされてしまうかもしれないが、君なら人が集まる。優しげで、親しみやすいから」

まださほど飲んでいないはずなのに、峰守の目元はすでにうっすらと赤い。だが口調ははっきりしている。酔った勢いで適当なことを言っているわけではなさそうだ。

「君のその外見は、武器にもなる」

「……こんなに頼りなくて、舐められやすい外見がですか？」

「営業部にいる俺からすれば、喉から手が出るほど欲しい外見だ」

悠真は耳をそばだてる。峰守が自分から仕事のことを口にしたのは初めてだ。

「峰守さん、営業職なんですか」

「ああ。入社したときは総務部を希望していたんだが、営業部に配属された」

総務部で名刺を注文したり、廊下の電球をつけ替えたりする峰守もちょっと見てみたかったな、などと思いながら悠真は相槌を打つ。

「入社して間もない頃は、俺もセールストークの練習をした。ロールプレイングとか、箸を咥《くわ》えて笑顔の練習とか」

「俺もそれやってました！」

「般若《はんにゃ》のような顔になった」

峰守が真顔で言うので、ぶはっと盛大に噴いてしまった。口の端だけ上がっているのに、目元がちっとも笑っていない峰守の表情が鮮明に頭に浮かんでしまったからだ。

笑いながら飲む酒はいつにも増して美味い。猪口が空になると峰守がすぐに新しい酒を注いでくれて酒が進む。峰守はそんな悠真を眺めるばかりでほとんど飲んでいないのに、見ているだけでアルコールが回るのではと疑うほどに目元が赤らんで、口の滑りもよくなった。

「最初こそ、相手を威圧しないように、優しい物言いを心掛けて営業に回っていたんだ。でもどうしても上手くいかない。こちらから笑いかけてみても、相手からは引きつった愛想笑いが返ってくるだけだ」

「悲劇ですね。峰守さん本当は優しい人なのに」

何気なく口にすると、峰守が少しだけむせた。不意打ちに照れたのか、うん、と不明瞭に頷いて、酒の代わりに水を飲む。

「どう足掻《あが》いても俺の外見は相手を圧倒する。だから思い切って、部署異動を願い出た。それまでは新規顧客を開拓する部署にいたんだが、自社製品を利用している企業への継続交渉をする部署に」

笑顔の裏で顧客と腹を探り合い、牽制《けんせい》しつつ交渉を進めるような商談が多い部だ。継続か否かの商談の際は、顧客から価格の見直しを迫られ、他社製品への乗り換えをちらつかされることも間々あるらしい。当然顧客は逃がしたくないが、ここで弱腰の応対をしてしまうといいように値切られた上に、安い価格で短期の作業などを請け負う羽目にもなりかねない。

「価格を下げることは簡単だが、安易に応じるべきじゃない。結果として提供するサービスの質が下がるから、いずれ相手に不利益が生じるのは目に見えている。そのことをきちんと理解してもらえるように説明するとき、この顔は便利だ。とりあえず最後まで話を聞いてもらえる。新規顧客を相手にしていたときは沈黙が続くと冷や汗をかいたが、今の部署なら沈黙も戦法の一つになる。どうしても応じられない条件を突きつけられた場合は黙ってしまえば、大抵相手が折れて折衷案を出してくる」

想像に難くない、と悠真は忍び笑いを漏らす。峰守の沈黙の圧はとんでもないだろう。

同時に、この人はちゃんと自分の外見を武器にしているのだな、と感心した。

普段の峰守は、自分の言動と外見を無理に一致させようとしない。けれど必要な場面で周りから求められれば、自分のキャラクターに合わせた営業スタイルで成果を出すことができるのだ。それも低い声や険しい表情で単に相手を脅すわけではなく、まっとうなセールスの末に最善のサービスを提案しているのが峰守らしい。

「ないものねだりかもしれないけど、やっぱり俺、峰守さんみたいな外見に憧れます」

強い憧憬《どうけい》を隠しもせずに口にすると、峰守の表情がわずかに曇った。悠真の言葉を素直には受け止められなかった様子で、困ったように顔を伏せてしまう。

「……俺は、嫌だ。無駄に大きな体も、この顔も」

「男前なのに」

「そんなふうに思ったことはないな。父親譲りの、無骨な顔だ」

父親を引き合いに出すとき峰守が苦々しげに顔を歪《ゆが》めたのに気づいて、悠真は首を傾《かし》げる。

「お父さんと仲が良くないんですか？」

峰守は悠真の視線を避けるように斜め下に顔を向けたまま、そういうわけじゃないが、と歯切れ悪く答えた。

「特別仲が悪かった記憶もないが、子供の頃はあまり顔を合わせなかったな。父のことは嫌いじゃないが……周りから父と似ていると言われるのは、あまり好きじゃない」

自分の本心を探るように、峰守はじっくりと言葉を選ぶ。

「父は仕事人間で、そこそこ結果も出す人だったから、『君もお父さんに似て、ひとかどの人間になるだろう』なんてプレッシャーをかけられるのがきつかった。顔に表情が出にくいのも父譲りで、うろたえていても傍からはそう見えずに仕事ができそうだと勘違いされるのも困る。今だって分不相応な大きな仕事を振られてしまって、ずっと断り続けているんだが……」

そうぼやいた峰守の顔に浮かぶのは、本当に困り果てたような表情だ。

悠真は黙っていられなくなって、空になった猪口を勢いよくカウンターに置いた。

「それ、違うんじゃないでしょうか」

猪口の高台がカウンターを打つ小気味のいい音が店内に響く。何が、と目を丸くした峰守に、悠真は声の調子を強めた。

「仕事ができそう、じゃなくて、できるんですよ、峰守さんは。だから大きな仕事が回ってくるんです。周りの勘違いじゃないです」

「いや、俺は本当に、営業中も相手を脅していないか不安になるくらいで……」

「いくら顔が怖くたって、言葉に説得力がなければ相手が応じてくれるはずないじゃないですか、仕事なんですから。峰守さんは相手が納得するまで丁寧に説明してくれるから、最後の一押しの沈黙で相手も腹をくくってくれるんですよ、きっと」

悠真の勢いに押されたのか、峰守は戸惑い気味に猪口を手に取る。

「……そう、だろうか」

「そうですよ。もっと自信持ってください」

言葉もなく、小さく頷いた峰守の耳が赤い。酔ったのか、照れたのかわからないが、どちらにしろ可愛いな、と悠真は胸をときめかせた。

悠真より峰守の方が年上だろうと、大柄だろうと、強面だろうと関係ない。峰守は可愛い。認めてしまえば際限なく想《おも》いが胸に満ちてくる。目の周りを赤くした峰守の横顔を肴《さかな》に、いくらでも酒が飲めるような気すらした。

峰守と一緒にいると、胸の辺りがむずむずする。何かが芽吹く気配がする。

高揚感に任せて新しい酒を注文した。無理につき合わせるつもりはなく峰守にはウーロン茶を頼んだが、峰守は新しい酒が来ると必ず一杯は悠真につき合って飲んでくれた。

小さな猪口に一杯でも、五杯も飲んだら一合だ。悠真がぱかぱかと猪口を空にするペースに

つられたのか峰守も杯を重ね、気がついたら峰守は目元どころか首筋まで赤くしていた。

いつもは姿勢のいい峰守が、珍しく背中を丸めてカウンターに肘をつく。入店からすでに二時間近く経過して、さすがに飲みすぎたかと水やウーロン茶を峰守に勧めた。

「峰守さん、大丈夫ですか？　明日も仕事じゃないんですか？」

峰守はとろりとした目でこちらを見て、うん、と頷くばかりだ。子供みたいな返事が可愛くて、悠真は指先を握りしめる。でないと周りの目も忘れて峰守に抱きついてしまいそうだった。

「……君は、明日の予定は？」

「俺は夕方からヨシミさんの店に出勤です。その前にハローワークにも寄ろうかと」

「どんな仕事に就きたいか、決まったのか」

高い所から重い物でも下ろすときのように、大きく息を吐きながら峰守が言う。悠真は皿に残った料理に箸をつけながら、そうですねぇ、とのんびりと返事をした。

「本当は、またイベント関係の仕事がしたいんですけど……」

気負いなく口にしてから、驚いた。

会社を辞めて以来、次の仕事に対するビジョンなど一度も浮かんだことはなかった。ここ数か月を振り返っても、何をしたいかという問いには、何も、としか答えられなかったはずなのに、こんなにあっさりと自分の欲求が口を衝《つ》いて出るなんて。

酒には酔わない質《たち》だと思っていたが、さすがに少しは酔いが回っていたのだろうか。うろたえて峰守に視線を向けると、カウンターに頬杖をついた峰守と目が合った。

顔中赤くして、気を抜けばそのまま瞼《まぶた》を閉じてしまいかねないくらいゆっくりとした瞬きをしながら、峰守は言った。

「やりたいことがあるのなら、何度でも挑戦してみたらいい」

だいぶ酔っているのだろう、峰守の語尾はほどけて緩んでいる。目も充血しているが、視線はしっかりと悠真に向けられたままだ。

そうですね、と素直に頷くのはためらわれた。新しい職場に、あの先輩のような人物がいないとも限らない。

同じ思いはしたくない。だが、転んだままうずくまっているわけにはいかないこともわかっている。立ち上がって前に進まなければ。ただ、最初の一歩を踏み出す方向が定まらない。また同じ夢を追いかけてもいいのだろうか。

「……挑戦して、失敗したらどうしたらいいでしょうか」

動き出す前からそんな心配をするなんて我ながら後ろ向きすぎると思ったが、尋ねずにはいられなかった。

峰守は深く目を閉じ、またゆっくりと開ける。今にも眠りに落ちてしまいそうな表情だったが、それでも峰守はしっかりとした口調で言った。

「失敗したら、挽回《ばんかい》すればいい」

それは簡潔な回答だった。あまりにも単純明快で、小難しいことばかり考えていた悠真の肩からふっと力が抜けたくらいだ。ゆらゆらと舟をこぎながらも懸命に目を開けている峰守を眺め、「それでも失敗したら?」と重ねて尋ねてみる。

「何度でも挑戦する」

「じゃあ、何度も何度も失敗して、もうどうにもならなくなったら?」

峰守は悠真の言葉の意味が汲《く》み取れなかったのか、素早く二度ほど瞬きをした。悠真はもう一度同じ言葉を繰り返そうとしたが、それを遮るように峰守が口を開く。

「本当に取り返しがつかないのは、死んだときくらいだ」

「えっ」

「死なない限り、やり直せばいい。俺はずっとそうしてきた」

あまりにも極端な物言いに悠真は目を丸くして、間を置かず声を立てて笑ってしまった。

でも、それも一理あるのかもしれない。

前の会社で悠真は疲弊しきって、膝をついたきりしばらく立ち上がることもできなかったが、幸いにもこうして息をして、美味い酒など飲んでいる。

失敗したって日々は続くのだ。舞台のように幕が降りて、強制終了するわけでもない。

「そうですよね。死ぬ気でやれば、なんだって……」

笑いを収めて言いかけたら、横から峰守がずいっと身を乗り出してきた。互いの肩がぶつかる距離で「違う」と言い、前髪の隙間から悠真を睨んでくる。

「駄目だ。殺す気でやれ」

物騒な言葉に息を呑み、とっさに周囲を見回した。地を這《は》うような低い声でそんなことを言われては冗談に聞こえない。万が一にも通報などされては困る。

「お、穏やかじゃないですよ、それ」

「死ぬ気でやるなんて言葉の方がずっと穏やかじゃない。本当に死んだらどうする」

「それは、物のたとえで……」

「君みたいに真面目な人間は、死ぬ気でやって本当に体を壊したりするんだ」

だからやめておけ、と言い足されて、ようやく峰守の言葉の真意が伝わった。仕事に入れ込み過ぎて自分を蔑《ないがし》ろにするなと、それくらいの意味だろう。

言うだけ言って、峰守は力尽きたようにカウンターに突っ伏してしまった。いよいよ瞼を閉じた峰守を見下ろし、悠真はゆっくりと酒を飲む。

滑らかに喉を滑り落ちていく酒を楽しみながら、思い出したのは前の職場で作った日本酒イベントのプレゼン資料だ。あのとき自分は「これさえ無事に仕上がったら後はどうなってもいい」と自分を追い詰めながら作業をした。睡眠時間を削り、エナジードリンクを常備して、もちろん通常業務も手は抜かず。

あのとき、「全部終わったらあいつを殺す！」くらいの気持ちで資料を作っていたら、会社を辞めることもなかったかもしれない。

（でもそうなったら、先輩の顔面を一発殴るくらいのことはしちゃったかもなぁ……）

どちらにしろ退職は免れなかっただろうか。そんな想像をして笑っている自分に驚いた。以前の職場を思い出し、こんなふうに笑みをこぼしたのは初めてだ。

峰守はすっかり酔いつぶれて眠っている。その隣で、やってみようかな、と思った。気負いもなく、口元に自然な笑みを浮かべて。

（もう一度、イベント企画会社に絞って転職活動してみよう。どんな職種についたところで、俺のことを見た目で侮る人はいるんだから。だったら好きな仕事でもう一度頑張りたい）

この見た目だって武器になると峰守は言ってくれた。その言葉を信じよう。

しばらく店の喧騒に耳を傾けてから、悠真は峰守に視線を転じる。顔中真っ赤にして、肩を上下させて眠る峰守を見詰めていたら、自然と胸に滲み出てくる感情があった。

（……俺、この人のこと好きだなぁ）

前々から、それこそ初めて動物園に行った日から、嫌いじゃないとは思っていた。だからこそ、峰守の方から行動を起こしてくれるのをずっと待っていたのだ。でも、今ようやく自分の本音に手が届いた。

峰守のことが好きだ。胸の奥が疼《うず》いて、今にも何かが飛び出してきそうで、峰守が動き出すのを待ってなんていられないくらいに。

峰守の寝顔を眺めていたら想いも高まり、心臓がどきどきと落ち着かなくなってきた。

（……俺から告白とかしたら駄目かな？）

告白されてからもうだいぶ経つのに未だ進展がないということは、峰守はこのまま友達同士の関係で落ち着くつもりかもしれないが、悠真の中にその選択肢はすでにない。

告白して、受け入れてもらいたい。峰守の隣に立つにふさわしい自分でありたい。となれば、悠真がまずしなければいけないことは、転職活動だ。就職先も決まらずふらふらして、峰守に相談に乗ってもらっているようなふがいない状況では、胸を張って峰守に告白することなどできるわけもない。

悠真は峰守の寝顔をじっと見詰め、よし、と手元の猪口を握りしめた。

転職活動に本腰を入れ、新しい仕事が見つかったら、そのときこそ峰守に告白をしよう。友達から恋人にしてくださいと、悠真から告げるのだ。

よし、ともう一度口の中で呟いて、猪口に残っていた酒を飲み干した。

喉元を酒が通過して、みぞおちの辺りがカッと熱くなる。吐き出す息まで熱くなり、悠真は火照った顔を手で扇《あお》いだ。カウンターの中からそれを見ていた店員が「さすがに酔いました？」と悠真に声をかけてくる。

この程度の酒量で酔うとも思えなかったが、悠真は頷いて傍らの峰守を見遣《みや》る。

「酔いましたね、だいぶ」

そう言っておかなければ、赤くなった顔をごまかせない。

熱を帯びた頰を掌《てのひら》でこすってから、悠真はそっと峰守を揺り起こした。


目的と目標は、似ているようで意味が違う。

目的とは最終的に到達したいゴールであり、目標はゴールに向けて設定される小さな指標のことである。体重を五キロ落とすのが目的なら、最初の一月で何キロ落とす、次の月までに何キロ落とす、と小さく刻んでいくのが目標だ。

転職活動を始めてから、悠真《ゆうま》は新しい仕事を見つけることを目的としてきた。その目的を達成するために、週に三回はハローワークに行くとか、週に一度は面接にこぎつけるようにするとか、そういう細かい目標も定めてきた。

しかし峰守《みねもり》に告白をすると決めた今、これまで最終目的であった転職先探しが目標になった。となれば、週に三回ハローワークに通うだのなんだの低いハードルを設定している場合ではない。そんなものをぽんと飛び越えただけで何かやった気になっていた自分を振り返り、なんて時間の無駄だったんだと悠真は地団太を踏んだ。

そもそもハローワークだけで仕事を見つけようとしていたのが間違いだ。思い立ったが早いか否か、悠真は転職支援サイトに登録し、決意も新たに転職活動を始めた。

テレビからよくコマーシャルが流れている転職支援サイトはさすがに動きが早かった。悠真がアドバイザー込みの支援サービスを申し込むと、翌日には先方からメールで連絡がきた。すぐにアドバイザーと面談を行い、以前の会社を志望した動機や、退社に至った経緯などを包み隠さず相手に伝えた。

過去の自分に対するふがいなさや、すぐに仕事を辞めてしまった浅はかさなど、出会って間もないアドバイザーの前で口にするのは恥ずかしくもあったが、それを隠して転職活動に支障をきたすのは困る。今や悠真にとって転職は、目的ではなく目標なのだ。

アドバイザーの勧めでいくつかの会社を面接したときも、大学時代の就活と同じくらいか、それ以上の熱意で前のめりにアピールをした。これまでは実年齢より若く見られるのが嫌で落ち着いた口調を心掛けていたのだが、格好をつけている場合ではない。むしろ全力で若さをアピールした。なりふり構っている余裕はない。

そうやって転職活動に本腰を入れて二週間。遅々として成果が出なかったこの数か月が嘘《うそ》のように、悠真はすんなりと新たな就職先を獲得したのだった。

「――結局のところ、人間やる気があればなんでもできるってことなのかねぇ」

酒の匂いが充満する閉店後のバーで、モップ片手に掃除をしていた圭介《けいすけ》が溜息《ためいき》交じりに呟《つぶや》く。感心した、というより、どこか呆《あき》れを含んだ口調だ。

悠真は洗い場で皿を洗いながら、かもしれません、と生真面目に頷《うなず》いた。

「マジかぁ。凪のない海を漂う難破船みたいだったミキちゃんが、恋という名の風が吹いた途端あっというまに港まで行き着いちゃうんだからびっくりだわ」

「あら、圭介にしては詩的な表現じゃない」

今日も今日とて体にぴったりと張りつく半袖Tシャツを着たヨシミも会話に加わってきた。

「でも本当に驚いたわよ。イベント企画会社だっけ？　前みたいな会社なの？」

「はい、規模は全然違いますけど」

以前悠真が勤めていたのは業界でも有名な大手企業だったが、今回の転職先は設立からまだ十年も経《た》っていないごく小さな会社だ。スタッフも五人しかいない零細企業である。

母親に転職先を報告するときはさすがに緊張したが、電話の向こうからは『よかったじゃない』と思いがけず嬉《うれ》しそうな声が返ってきた。前と比べるとかなり小さな会社だと打ち明けたときも、『貴方《あなた》のやりたい仕事なんでしょう？』と言っただけで、会社の業態や規模について詮索してくることもなかった。

『前の会社を辞めた後、何度も実家に戻ってくるように言ったのに、貴方全然帰ってこないから心配してたのよ。でも新しい仕事が見つかってよかった。今度は頑張りすぎないようにね』

そんな言葉で電話を締めくくられて、なんだかひどく拍子抜けした。

電話を切った後、小学生の頃はあんなにも自分のやることに口を出していたのに、と記憶を反芻《はんすう》していて気がついた。中学に入学してからは、あまり母にあれこれ言われた覚えがない。

思い返せば大学卒業後、イベント企画会社に就職したときも母は喜んでくれた。大手だから難癖つけられなかったのだろうと思っていたのだが、もしかしたら最初から中小企業を選んでいても、母は喜んでくれていたのだろうか。

祖父母の家を出て行くか、と悠真に母が尋ねてきたのは、たった一回きりだった。

でもそのたった一回が強烈に記憶に残って、母に置いて行かれまいと必死になるあまり、悠真はずっと目の前にいる母親の表情を見逃してきたのかもしれない。何年も、何年も。

長くつぶっていたままだった目を開かされたような気分だった。眩《まぶ》しくて、物の輪郭が鮮明にわからない。電話越しではますます母の本心が見えず、だから新しい仕事が落ち着いたら、久々に実家に帰ってみようと自然に思えた。大学に入ってから、ほとんど実家には足を向けていなかったというのに。

「新しい会社、来月からもう出勤なんだっけ？　あと一週間もないけど、こんな所でバイト続けてていいの？」

圭介の言葉にヨシミが「こんな所とは何よ」と嚙《か》みついている。閉店後にこうして二人と気の置けないやり取りができなくなるのは淋《さみ》しかったが、悠真は皿を洗う手を止めぬまま、しっかりと頷いた。

「ヨシミさんには本当にお世話になりましたから、せめて最後くらいお礼がしたいんです」

「だからこの土日もフルでシフト入れてたんだ？　ここのところずっと週末は彼氏とデートで

店休んでたのに」

彼氏という言葉に反応して、危うく泡だらけの皿を洗い場に落としてしまいそうになった。あたふたと皿を持ち直す悠真を見て、圭介とヨシミが顔を見合わせる。

「彼氏って、あれでしょ？　あんたたちがよく言ってた、魔王とかいう……」

「あ、お客さんに変なあだ名つけるなって自分で言ってたくせに」

「しょうがないじゃない、名前わかんないんだから。ちょっとミキ、なんだっけ、あのお客さんの名前。鬼瓦？　それとも地獄谷？」

「峰守さんですよ！　一文字も合ってないじゃないですか」

強い口調で否定すると、圭介とヨシミが同時ににんまりと笑みを浮かべた。

「やだぁ、本当につき合ってるのねぇ」

「公園に呼び出されたときは真っ青な顔してたくせに」

からかわれて、悠真は口をへの字に結ぶ。

峰守がどんな人物かもわからぬまま勝手に怯《おび》えていた当時の自分を思い出すと、峰守に対して申し訳ないような、自分が情けないような気分になるので、あまり多くは語りたくない。その頑《かたく》なな表情を面白がって、二人はますます悠真に絡んでくる。

「で、どうなのその峰守さんとやらは。あんたすぐ変な男引っかけるから心配よ」

「そうそう、去年のクリスマスに店の裏で別れた男とか。ミキちゃんの前でわざわざ別の子口説いて、激怒したミキちゃんが相手の額をかち割ったっていう……」

「かち割ったのは後頭部です」

「どっちにしろ大惨事じゃない。今度の相手は大丈夫なの？」

ヨシミの顔に、本心から悠真を案じる表情が滲《にじ》む。そんなものを見たら適当にはぐらかせなくなって、悠真は照れくささを隠して答えた。

「……峰守さんは、違います」

顔を赤らめた悠真を見て、圭介が信じられないと言わんばかりに眉を寄せた。

「あんな怖い顔してんのに？　脅されたりとかしてない？　やばいプレイ強要されたりとか」

圭介の言葉が終わらぬうちに、赤かった悠真の頬からすぅっと血の気が引いた。それを見たヨシミと圭介が、「ちょっと」「マジで？」と悠真に詰め寄ってくる。

「あんたまたろくでもない男に引っかかって……」

「嫌なことは嫌だって言わないと！」

「……言えたら苦労しません」

「そこをガツンとさ……」

悠真は洗い物の手を止めると、きっと圭介を睨《にら》みつけた。

「だってなんて言えばいいんですか！　やばいプレイどころかキスすらしてないんですよ！」

流し台に手をついて叫んだ悠真をヨシミと圭介は唖然《あぜん》とした顔で見返して、次の瞬間ぶはっと盛大に噴き出した。あとはもう、遠慮なくゲラゲラと笑い始める。

「まだキスもしてないの⁉ デート中何してんのよ、あんたたち！」

「嘘でしょ、なんで！ まさか魔王、あの顔でインポとか⁉」

「知りませんよ！ 知る術《すべ》もないんですから……！」

悠真の声は半分泣きが入っている。あまりにも清いおつき合いが続くものだから、峰守の中で自分はこのまま良き友人枠に収まってしまうのではと不安なくらいだ。

しかし、悠真の転職先はもう決まった。そのことは峰守にも報告してあるし、次に会うときはいよいよこちらから告白するのだ。このなんだかよくわからない関係に終止符を打つためにも。

洗い物を再開したところで、ズボンのポケットに入れていた携帯電話に電話がかかってきた。濡《ぬ》れた手を布巾で拭って取り出してみれば、たった今話題に上がっていた峰守の名が画面に表示されている。思わず口角を上げた悠真を見て、ヨシミも圭介も電話の相手が誰だか察したらしい。口元にニヤニヤした笑みを浮かべ「ごゆっくり」と店の裏に出る通用口を指さした。

気恥ずかしく思いつつ、悠真は二人に頭を下げて店の外に出る。ビールケースやゴミ箱が乱雑に隅によけられたそこは、隣のビルとの隙間が数歩しかない薄暗い通路だ。外灯はなく、唯一の光源は大通りから差し込んでくる明かりばかりで、ごみを出すときはいつも手探りになる。

数か月前、この場所で元恋人と壮絶な乱闘をしたことなどもう思い出したくもない。

嫌な記憶を頭の外へ蹴り飛ばし、悠真は携帯電話を耳に当てた。

『もしもし？　遅くにすまない。仕事中だったか？』

低い声が耳に流れ込んできて、悠真は緩みそうになる口元を掌《てのひら》で覆った。

「だ、大丈夫です。もうお店は閉めましたし、後片づけをしていただけなので……」

『そうか。お疲れ様』

悠真は目を閉じて峰守の声に集中する。今週はヨシミの店を手伝うことを優先したので、週末に峰守と会うことができなかった。淋しいな、と思っていただけに、こうして声を聞けたのがひどく嬉しい。

『新しい会社、来月の頭から出勤だろう？　土日は休みか？』

「一応休みになってます。土日のイベントなんかがあるとその限りではないみたいですけど」

そうか、と呟いたきり峰守は言葉を切って、ためらいを感じさせる沈黙が流れた。なんだろう、と悠真がゆっくり目を開いたところで、再び峰守の声がした。

『……日本酒を買ったんだ。君の、就職祝いにどうかと思って』

「えっ、ありがとうございます！　嬉しいです！」

峰守は小さく咳《せき》払いをして、それで、と言葉を継ぐ。

『よかったら、なんだが……来週の土曜か日曜、一緒に飲まないか？』

意外な申し出に舞い上がって「喜んで！」と返事をした悠真だったが、ビルの間に響いた自分の声の残響で我に返った。買った日本酒を一緒に飲む、ということは、店ではなく自宅で飲む、ということか。未《いま》だ互いの家に足を踏み入れたことはなく、途端に緊張して声が上ずった。

「あ、あの、だったら、場所は、あれですか。俺の家か、峰守さんの家っていう……？」

またしても峰守の言葉が途切れたが、今度の沈黙は短い。

『……君の家にお邪魔しても？』

囁《ささや》くような声で問い返され、耳元に息でも吹きかけられた気分になって危うく悲鳴を上げかけた。寸前でなんとか堪《こら》え、もちろんです、ぜひ来てくださいと馬鹿みたいに大きな声で返事をする。あたふたしながらも待ち合わせ時間を決めて電話を切ったときは、走った直後のように鼓動が速くなっていた。

好きな相手が、自分の部屋を訪れるという。それも酒を持って、夜に。

(これは……峰守さんに告白する千載一遇のチャンスでは⁉)

峰守も、いよいよ悠真と友達以上の関係になるべく覚悟を決めてくれたのかもしれない。だから酒の話を持ち出すとき、緊張して少し言い淀《よど》んだのではないか。

「が……、頑張ろう……！」

思わず口に出して呟いていた。今月で終わってしまうヨシミの店のバイトも、数日後に始まる新しい仕事も。峰守の恋人に名乗りを上げるとき、ちゃんと胸を張れるように頑張ろう。

悠真はビルの壁に寄り掛かると両手で顔を覆い、もう一度誰に言うともなく、頑張ろう、と呟いた。

悠真の新しい職場は都内にある。以前勤めていた会社からほんの数駅しか離れていないのだから世間は狭い。社員は悠真を含めて五人。社長はまだ三十代で、社の平均年齢も四十を超えていない。悠真は最年少になる。

仕事内容は多岐にわたり、イベント関連なら記者会見や展示会、企業の式典などを企画から運営、進行まで手広くこなす。他にもインターネットのライブ配信やオンライン葬儀など、映像配信に関わる仕事も請け負っているそうだ。

出社初日こそ事務所で電話番のようなことをやっていた悠真だが、二日目からは早々にイベント会場に引っ張り出された。

悠真が出向いたのは都内の駅ビル内に設けられた会場で、そこではプロのスタイリストが来場者のファッションタイプを無料で診断する女性向けイベントが行われていた。

悠真は会場に向かう電車の中で企画の趣旨を頭に叩《たた》き込み、現場では他のスタッフと一緒に参加者の列を捌《さば》いた。その最中、なぜかやたらと列に並んでいる参加者から声をかけられた。

それはイベントに関する質問であったり、落とし物があったという報告だったり、ちょっとしたクレームだったり様々だ。

会場には悠真以外のスタッフもいるのに、なぜか自分に集中して声がかかる。付け焼き刃の知識しかないので上手《うま》く質問に答えられないこともあり、役に立たない自分が情けなくて逃げ出したくなったが、以前峰守が悠真を「優しげで、親しみやすい」と言ってくれたことを思い出して踏みとどまった。

前の会社でイベントを開催したときも、興味のありそうな顔で会場を見ているにもかかわらず、決して近づいてこない人が一定数いた。イベントの内容がよくわからなかったり、参加条件が不明瞭だったりして足を止められないのだろう。

自分の仕事は、そういう人たちが気安く声をかけられる雰囲気を出して、出来る限りイベントに参加してもらうことだ。やれることはある、自分を役立たずとは思うまいと己を奮い立たせ、とにかく笑顔を絶やさないことを念頭に置いて仕事を続けた。

無理に笑い続けていたせいで撤収する頃には頬の筋肉が痙攣《けいれん》していたが、同行していた会社の先輩からは「さすが経験者、いきなり会場に連れ込まれてもそれなりに動けるもんだな」と褒められたのでほっとした。

前の職場では先輩の後ろをついて回るだけで、ろくな仕事もさせてもらえなかったというのに、新しい職場は人手不足でいきなり悠真に実務を任せてきたりする。

最初の一週間を終える頃には、悠真は疲労困憊《こんぱい》の極みにいた。週末に峰守に会えるというご褒美がなければ、金曜の夜までもたなかったかもしれない。

そんなわけで金曜は風呂に入るのもそこそこにベッドに潜り込んだ悠真だったが、翌朝の目覚めは爽快だった。朝から丁寧に部屋の掃除をして、溜まっていた洗濯物を干し、ついでにシーツなども洗って、午後は酒のつまみになりそうな総菜の買い出しに向かった。

準備万端でそわそわと峰守を待っていると、日も落ちる頃峰守から連絡がきた。

『あと三十分で最寄《もよ》り駅につく』というメッセージを見て、悠真は待ちきれずに家を飛び出す。自宅から駅までは歩いて十分。早々に駅に着いて峰守を待っていた悠真は、きっちり二十分後に改札から出てきた峰守を見て大きく手を振った。

黒いコートの裾を翻し、峰守も軽く手を上げてこちらに近づいてくる。片手には大きな包みを提げていて、どうやらあの中に日本酒が入っているらしい。

「わざわざ来てくれてありがとうございます」

「こちらこそ、お招きありがとう。これ、就職祝い」

ありがとうございます、と悠真は満面の笑みで頭を下げる。酒はもちろん、こうして再就職を峰守が祝ってくれるのが嬉しくて仕方ない。

「新しい職場はどんな雰囲気?」

道すがら尋ねられ、悠真は入社から数日のあれこれを峰守に話して聞かせた。すでに実務的な仕事にも関わっているし、社員もみんないい人たちだと伝えると、峰守はほっとしたように息を吐く。

「腹が決まると、君は強いな。行動も迅速だ」

「それもこれも峰守さんに背中を押してもらったおかげです。ありがとうございます」

歩きながら頭を下げる悠真を見て、峰守は言いにくそうに口ごもった。

「やりたいことがあるなら何度でも挑戦すればいい、なんて焚《た》きつけておいて今更だが……同じような仕事に就くことに不安はなかったのか？」

「それはもちろん、ありましたけど。峰守さんに話を聞いてもらえて、やってみようって気持ちになれたんです。どんな仕事を選んでも失敗する可能性はあるんだし、だったら好きだったことにもう一度挑戦してみようって。失敗したら挽回《ばんかい》します。殺す気で！」

殺す気で、は最近の悠真のお気に入りのフレーズだ。はじける笑顔で言い放った悠真を見て峰守は目を見開き、眩暈《めまい》でも起こしたように目元を手で覆った。

「それは……俺のセリフだな。すまない、不穏すぎるから聞かなかったことにしてくれ」

「俺はこの言葉を口にするとなんか元気が出ますよ。弱気な自分も蹴っ飛ばせますし。新しい職場でも何度も勇気をもらいました」

峰守は少しだけ複雑そうな顔をしたものの、底なしに明るい悠真の笑顔を見て口元を緩めた。

「……君を見ていると、柄にもなく自分も思い切って一歩踏み出してみようか、なんて気分になるな」

その言葉にハッとして、悠真は峰守の横顔を見返した。

峰守が一歩踏み出そうとしている。だが、何に対して？

（もしかして、峰守さんも俺たちの関係を一歩踏み込んだものにしようと……？）

そう思ったら急に緊張感が高まって、何を喋《しゃべ》ったらいいのかわからなくなった。

右手に公園を見ながら言葉少なに歩く。あと数メートルも進んだら悠真のアパートに到着だ。

（へ、部屋に入ったら、何を話そう……。どんなタイミングで告白すれば？）

早鐘を打つ心臓を深呼吸で宥《なだ》めていた悠真は、遠くに見えてきたアパートに視線を向けて目を見開いた。アパートの前の街灯の下に、何やら見覚えのある人影がある。

悠真は急停止すると、前を行く峰守の腕を無言で摑《つか》む。驚いたように振り返った峰守の腕を引き、問答無用で傍らの公園に引っ張り込んだ。

「……峰守さん、ちょっとここで待っててもらえますか。すぐ戻りますから」

公園の隅のベンチに峰守を座らせ、悠真は押し殺した声で囁いた。峰守は中腰で立つ悠真を見上げ、なぜ、と言いたげに目を瞬かせる。

「へ、部屋に、その、峰守さんには見せられないものを出しっぱなしにしていたことを思い出して、なので、か、片づけてこないと」

言いながら、もっとましな言い訳はなかったのかと頭を抱えたくなった。よほど危ない趣味嗜好《しこう》の持ち主だと勘違いされたらどうする。だが、それでも事実を口にするよりはましだ。とにかく今は納得してくれと祈るような思いで峰守を凝視する。

峰守は何か言いたげだったが、最後は、わかった、と頷いてベンチに深く座り直した。

「すみません！　すぐ戻りますから……！」

言い置いて公園から駆け出す。速足でアパートに向かえば、思った通り街灯の下に見知った男が立っていた。だらしなく街灯に凭《もた》れ携帯電話を見ていたが、悠真に気づいて顔を上げる。

「お、どこ行ってたんだよお前。電話してもつながらないし、スゲー待ったんだぞ」

事前に悠真のもとを訪れると連絡をしていたわけでもないくせに、さも悠真に非があるような顔で男が眉を寄せる。アッシュグレーの髪をだるそうにかき上げる男に大股で近づきながら、そうだこいつはこういう奴《やつ》だった、と悠真は歯噛みした。つき合っていた頃も勝手に予定を変更するのでさんざん振り回されたものだ。記憶が蘇《よみがえ》るにつれ腹が立ってきて、悠真は押し殺した声で男に怒鳴りつけた。

「電話なんてつながるわけないでしょう！　貴方なんてとっくにブロック済みなんだから！」

悠真に睨まれた男は軽く眉を上げ、なんだよ、と面倒くさそうに溜息をついた。

「お前の店で他の子ナンパしたこと、まだ怒ってんの？」

馴《な》れ馴れしい態度で悠真の頭に手など置いてきたこの男こそ、クリスマスの夜にヨシミの店の裏で別れた元カレ、笠垣《かさがき》である。

悠真より三つ年上の笠垣との出会いは、マッチングアプリだ。バンドを組んでいるという笠垣とは音楽の趣味も合い、つき合いは半年に及んだ。しかしこの笠垣という男、どうしようもなく浮気が激しかった。最初こそ隠れて別の誰かと会っていたようだが、そのうち浮気の隠し方も雑になり、最後は悠真の目の前で別の誰かを口説くという暴挙に出たため血まみれのクリスマスを迎えることになったのである。

別れてもなお無遠慮な態度にうんざりして、悠真は鋭く笠垣の手を振り払った。

「怒るというより、貴方みたいな男とつき合ってた自分に呆れてるだけです」

悠真が吐き捨てるように呟くと、何それ、と笠垣に目を丸くされた。

「まるで俺とお前が別れたみたいな言い方だけど」

「……はっ？　別れたでしょうが」

「喧嘩《けんか》はしたけど、別れてない。俺、お前と別れるって言ってないし」

「俺は言いましたよ。もう別れるって」

「『わかった』って言ってないだろ、俺」

悠真は口を開けてみたものの、声を出すこともできず立ち尽くす。腹の底に穴が開いて、吸い込んだ息が漏れていくような脱力感に襲われ、しゃがみ込んでしまいそうになった。

笠垣に最後に会ったのはクリスマスだ。あれから一度として連絡もなく、別れると宣言した悠真に一切フォローもしなかったくせに、何を今更。

悠真はこめかみをひくつかせながら、身の内から怒りを逃すように大きく息を吐いた。

「じゃあ、改めて言います。別れましょう。二度とここには来ないでください」

「実はお前と別れてから、他につき合ってた子たちともどんどん縁が切れちゃって」

「俺の他に何股かけて……いやもう、興味もないので本当に帰ってください」

「やっぱりお前が一番よかったかな？　って思って」

「とっとと帰れ！」

すでに笠垣に対する慕情など欠片《かけら》も残っておらず声を荒らげてしまったが、近くの公園には峰守がいる。諍《いさか》う声が聞こえてはまずいと慌てて口を閉ざした。対する笠垣は悠真の一喝にも怯《ひる》んだ様子はなく、それどころか面白そうににやにやと笑うばかりだ。

「浮気したことまだ怒ってんの？　もう他の相手とは全員別れたってば」

「しつこい……！　警察呼びますよ！」

「痴話喧嘩《げんか》にいちいち警察来ないでしょ。それより部屋入ろうよ。鍵は？」

笠垣が無遠慮に悠真のコートのポケットに手を突っ込んできて慌てて後ずさった。

笠垣のこういうところが嫌で別れたのだ。こちらが本気で怒っても真に受けず、どこ吹く風で聞き流す。つき合い始めた頃はもう少しまともに話を聞いてくれたのに、いつの間にか悠真の存在を軽んじて平気で浮気までするようになった。一緒にいると自尊心を削られるばかりだ。

身をよじって笠垣の手から逃れ、いい加減にしろ、と怒鳴りつけようとしたとき、ドッと背中に何かが当たった。壁のように大きいが、無機物にしては弾力のあるそれに驚いて振り返ると、背後に峰守が立っていた。

悠真の喉がヒッと鳴る。峰守には公園にいるよう言っておいたはずなのに。

峰守はよろけた悠真の肩を摑んで支えると、無表情で悠真を見下ろした。

「何か諍うような声が聞こえたものだから、気になって来てみたんだが……」

言いながら笠垣へと視線を移す。かつてヨシミの店で魔王だの人身売買組織の幹部だの言われていた峰守の眼光は相変わらず鋭く、その目に見据えられた笠垣はヘビに睨まれたカエルのごとく、青ざめて棒立ちになってしまった。

笠垣に目を向けたまま、峰守は低く悠真に問う。

「何かトラブルか？」

「いえ、その……ト、トラブルというか……」

悠真はすっかりしどろもどろだ。峰守には以前、誰かとつき合った経験がない、と嘘をついている。笠垣をどう紹介するべきかわからず顔色を失っていると、ふいに笠垣が鼻を鳴らした。

悠真の肩に手を置いた峰守を見て何か察したのだろう。面白くなさそうな顔で腕を組む。

「なんだよ、お前ももう新しい男ができたってことかよ。人のことさんざん浮気者呼ばわりしといて、お前だって二股かけてるんじゃねぇか」

笠垣の言葉にぎょっとして、悠真は大きく首を横に振った。

「ひっ、人聞きの悪いことを……！　とっくに別れてるんですよ、俺と貴方は！」

「俺は納得してないし」

あまりにも勝手が過ぎる。苛立《いらだ》ちも頂点に達して言葉が出ない悠真を一瞥《いちべつ》して、笠垣は峰守に目を向けた。

「あんたも、気をつけないと俺みたいに捨てられるよ。どうせこいつの大人しそうな見た目に騙《だま》されたんだろうけど、こう見えてこいつ気は強いし、すぐに男も取り替えるし、純情さとは程遠いビッチだから」

悠真との復縁は難しいと悟ったのか、笠垣は言いがかりめいたことを峰守に吹き込んでくる。否定したいところだが、悠真は何も言い返せない。確かに自分は優しげな外見とは裏腹に気が強いし、笠垣と別れるときも壮絶な口論の末に揉《も》み合いになった。恋人をとっかえひっかえしてきたつもりはないが、昔の恋を引きずらないのは事実だ。恋人と別れて数日は落ち込むが、またすぐマッチングアプリで次の恋人など探し始めるので、ヨシミからも「懲りないわねぇ」と呆れられた。過去の恋人たちとはそれなりに肉体関係もあるし、純情とも言い難い。

青ざめて俯《うつむ》いていたら、肩に感じていた峰守の手の温かさがふいに消えた。

手を離された、と思ったら一瞬で血の気が下がって、峰守の顔を見上げることもできない。

硬直していると、峰守が一歩前に出て笠垣との距離を詰めた。

「……俺と貴方の間には、認識に大きく隔たりがあるらしい」

言いながら、峰守は一歩一歩笠垣に近づいていく。

「俺は彼のことを、芯のしっかりした人だと思っている。一度の失敗にめげずに挑戦を続ける姿は尊敬する。恋愛においてもそうだ。多くの出会いを経験するのは悪いことか？」

峰守の低い声に圧倒されたように笠垣が後ろに下がり、その背がアパートの塀に当たった。それでもなお峰守は足を止めず、自分の大きな体と塀の間に笠垣を追い詰めてしまう。

「彼に勝手な理想を押しつけておいて、騙されただなんて下らないことを言うのはやめてもらいたい。彼は俺の、大事な人だ」

言葉の最後は、低すぎて人の声とも思えなかった。

笠垣は峰守の顔を直視することもできないのか、視線を斜めに落として無言でこくこくと頷いている。峰守が一歩下がると、その隙を逃さず脱兎《だっと》のごとく走り去っていってしまった。

逃げていった笠垣を目で追うこともせず、峰守は悠真に背を向けて立ち尽くしている。その背中はピリピリと殺気立っているかのようだ。

笠垣に対して怒ってくれたのだろうか。だとしたら嬉しい。峰守が笠垣の言葉を真っ向から否定してくれたのも、悠真のことを大事な人だと言ってくれたのも、息が震えるほど嬉しかった。

だが、喜んでばかりもいられない。一連の会話から、笠垣が悠真の昔の恋人だということは峰守も理解しただろう。悠真の嘘がばれてしまったということで、峰守の怒りの矛先は悠真にも向いているのかもしれない。

峰守は息を整えるように肩を上下させ、ゆっくりと悠真を振り返る。その顔に、わかりやすい喜怒哀楽を示す表情はない。

ただでさえ暗い夜道で、いつにも増して峰守の顔色は読みにくい。悠真はごくりと喉を鳴らし、アパートの外階段を指さした。

「……まずは、部屋に上がってください」

断られたらどうしようと思ったが、峰守は悠真に続いてアパートの階段を上ってきてくれた。

ひとまず安堵《あんど》の息を吐き、部屋の鍵を開けて峰守を中へ通す。

ほんの三十分前まで、峰守が部屋に来たらまずはコーヒーや茶菓子を出そう、それから酒の準備をしよう、なんてうきうきと考えていたのに、峰守を伴って入ってきた部屋の空気は恐ろしく重い。

「せ、狭い所ですが……」

謙遜でもなんでもなく、悠真の住む1Kの部屋は狭い。八畳の部屋にベッドとローテーブルを置いたら一杯だ。とりあえず峰守をテーブルの前に座らせ、悠真も斜向《はすむ》かいに腰を下ろした。

腰を据えたはいいものの、お互い言葉もなく、時計の針の音だけが室内に響く。悠真は必死で言い訳を探したが、秒針が一周しても妙案は浮かばない。これはもう言い訳などするだけ無駄だと覚悟を決めて、峰守に向かってガバリと頭を下げた。

「すみませんでした……！」

テーブルから離れて正座をし、峰守に向け深々と頭を下げる。ほとんど土下座だ。

峰守が身じろぎする気配がして、「いや」と押し殺した声が続いた。

「君が謝ることじゃない。あの男は、勝手にここに押しかけてきたんだろう」

「そう、ですけど……いえ、今はそんなことより……！」

頭を上げることもできず、悠真は自分の膝頭を強く握りしめた。

「俺、ずっと峰守さんに嘘をついてて……本当にすみませんでした！　今まで誰ともつき合ったことがなかったって、あれ……嘘です」

決死の覚悟で打ち明けてみたものの峰守からの返答はなく、沈黙に心臓がひねりつぶされそうになった。声を出すことはおろか、息を吐くのも恐ろしいほどの静寂の中、それでも悠真は必死で言葉を紡ぐ。許してもらうためではなく、謝罪の気持ちを伝えるために。

「あの人が言ってたことも、峰守さんが否定してくれたのは嬉しかったんですが、でも、大体合ってます。俺、多分峰守さんが思ってるほど優しくもないし、清純でもないです」

でも、と続けようとして、喉元が痙攣《けいれん》した。息が詰まる。

峰守は今、どんな顔で自分を見ているのだろう。想像すると怖い。軽蔑したような目を向けられていることに気づかず思いの丈を口にしていたら、滑稽以外の何物でもない。

だが、これも嘘をついた報《むく》いだ。

悠真は怯えを無理やり呑《の》み込み、詰めていた息を吐く勢いのまま言い放った。

「でも俺、峰守さんのこと好きなんです……！　こんな俺でよかったら、友達じゃなくて、恋人になってください！」

すでに深く下げていた頭を、さらに深々と悠真は下げる。額が床につきそうだ。柔軟性に欠けているせいか、無理やり曲げた背中がびりびりと痛い。それでもなお頭を下げ続けていると、背中にそっと峰守の手が触れた。

恐る恐る顔を上げると、いつの間にか悠真のそばまで来ていた峰守が驚いたような顔でこちらを見ていた。何度も目を瞬かせ、自分たち以外誰もいないのに何かを探すように室内に目を走らせて、もう一度悠真の顔を覗《のぞ》き込み、押し殺した声で「いいのか」と言う。

「え……い、いいのか、というと……？」

「本当に、俺と恋人に……？」

至近距離で目が合って、悠真は弾《はじ》かれたように身を乗り出した。

「み、峰守さんさえよければ！　俺が嘘をついていたことを許してもらえるなら……！」

「嘘というのは、今まで誰ともつき合ったことがないっていう、あれか？」

改めて確認され、悠真はまたしおしおと項垂《うなだ》れる。不要な嘘などつかなければよかったと今更のように後悔していると、峰守がけろりとした口調で言った。

「それが事実でないことくらい、最初からわかってる」

思わぬ言葉に悠真は目を見開き、両手で床を押すようにしてガバリと身を起こした。

「そっ、そんなことをなぜご存知で⁉」

「それは……見たことがあったから」

何を、と悠真は勢い込む。一体どこで何を峰守に見られていたのか覚えがないだけに恐ろしい。傍らに膝をついた峰守の腕を無自覚に摑めば、峰守が迷うような表情で口を開いた。

「……去年のクリスマス、君がさっきの彼と店の裏で別れ話をしていたのを、見た」

悠真の顔からすぅっと血の気が引く。笠垣の浮気が原因で口論になり、別れ話の末に流血沙汰にまでなったあの現場を、峰守は見ていたということか。

「そ……そんなものを見ていたのに、どうして俺の嘘を指摘しなかったんです……？」

正直、一番見られたくなかった姿だ。床に崩れ落ちてしまいそうだったが峰守の腕を摑むことでどうにか姿勢を保っていたら、その手にそっと峰守の手が重ねられた。

「嘘をつかれても仕方がないと思った。仕事中の君を店の外に呼び出したりして、あのときは自分でもかなり強引なことをしている自覚はあったからな。君が警戒するのも当然だ。信頼していない相手にいきなり本当のことなんて言うわけがない。君があの嘘で自分の身を守ろうとしていることはわかったから、あえて触れないでおいた」

悠真の体を支えるように、峰守が悠真の手を強く摑む。こちらを見る顔に怒りが滲んでいないことに安堵して、悠真はおずおずと尋ねた。

「あんな見苦しい現場を見て、どうして俺に声をかける気になったんですか……？」

あれはかなりの修羅場だったし、笠垣に食って掛かる悠真は店で猫をかぶっている姿からはかけ離れていただろうに、なおも声をかけてくれた理由がわからない。

峰守はどこから話すべきか迷うように言葉を切り、悠真を見下ろしてゆっくりと瞬《まばた》きをした。

「……あの日、大通りを歩いていたら言い争うような声がして、ビルとビルの間から大きな声がしたんだ。てっきり酔っ払い同士の喧嘩かと思って覗き込んでみたら、随分と体格の違う二人が口論していて、仲裁した方がいいんじゃないかと思って足を止めた」

峰守ほどではないものの笠垣も長身の部類に入る。小柄な悠真が難癖をつけられているのではと危惧して様子を見ていたらしい。しかしよくよく見れば口が回るのは悠真の方で、笠垣に次々と駄目出しをしたあと、最後は突き放すような口調でこう言った。

「貴方とはもうつき合いきれません。別れましょう」

そこでやっと峰守も目の前で繰り広げられているのが恋人同士の諍いだと気づいた。ならば下手に声などかけない方がいいかと踵《きびす》を返しかけたら、笠垣が酔って舌足らずな声で言った。

「そんな深刻に考えなくていいじゃん。適当で」

「だから、そういうのが嫌なんです」

「やだなぁ、純情なのは見た目だけにしてよ」

瞬間、悠真の顔に激しい怒りの色が浮かんだ。薄暗いビルの隙間に火の粉が飛んだような、ハッとするほど苛烈な表情は、立ち去りかけていた峰守の足を止めるほどだった。

「純情そうなところがいいってさんざん言ってきたのはそっちでしょうが！　そうやって都合

よく掌を返すところが嫌なんです！　それに貴方がしつこく声をかけてたお客さん、凄《すご》く迷惑がってましたからね。店の迷惑にもなるので今後は絶対にやめてください」

「えー？　ゲイバーに来てる客が声かけられて嫌がるわけないじゃん。何、焼きもち？」

だから！　と身をよじるように悠真が声を張り上げる。

「自分に都合よく解釈するな！　たとえ出会いを求めて店に来てたとしても、好きでもない相手にべたべた触られたら嫌な気分になるだろうってことくらい想像できないのか！」

小さな体に似合わない怒声に驚いた。自分より体格の大きな相手に怯まず噛みつく威勢のよさにも。よほど気が強い人物かと思ったが、笠垣が苛立ったように近くのビールケースを蹴り上げると、悠真の肩がびくりと震えた。体の脇で固く握られた拳も小さく震えていて、後ろに足を出しそうになるのを必死でこらえているのが遠目にもわかる。

「その姿を見て、ああ、やっぱり怖くないわけじゃないんだな、と思った。それでもちゃんと自分の思っていることを口にしようとする態度に感銘を受けた」

それに悠真は自分が浮気をされたことよりも、客が笠垣からのアプローチを嫌がっていたことや、店の迷惑になることを重く捉えて怒っているように見えた。そのために震える指先を握りしめて隠し、気丈に笠垣を睨み上げている。

そうこうしているうちに、笠垣が不明瞭な言葉で何かわめきながら悠真の胸倉を摑んできた。笠垣が拳を固め、さすがにまずいと思ったところで店の裏口からヨシミが出てきた。

ヨシミは一目で状況を把握したのか、「ちょっと！」と声を高くして二人の間に割って入ろうとする。瞬間、笠垣の標的がヨシミに移った。笠垣の拳がヨシミの方へ向き、峰守がビルの間に飛び込もうとしたまさにそのとき、悠真が笠垣の手を振り払い、その顔面に盛大な頭突きを食らわせたのだ。

「……そんな場面まで見てたんですか」

居た堪《たま》れなくなって言葉を挟むと、峰守の目に微《かす》かな笑みが浮かんだ。

「鮮やかな起死回生だった。踵《かかと》が地面についた瞬間、膝のばねを使って渾身《こんしん》の頭突きを食らわせたんだから」

峰守は笑っているが、大変だったのはその後だ。よろけた笠垣が後頭部をビルの壁にぶつけ、酒など飲んでいたのでかなり出血して救急車まで呼ぶ事態になった。幸い笠垣の怪我《けが》は縫わなければいけないほどでもなく、笠垣が悠真の胸倉を摑んだことが発端だったとヨシミが証言したこともあり、警察沙汰にはならずに済んだのだが。

「あのときはなんの力にもなれなかったが、君のことが気になって次の日も同じ場所に行った。でもそう都合よく君の姿は見つからなくて、それでも諦めきれずにヨシミさんが出てきたビルの店舗を片っ端から回っていたら、あの店で接客をしている君を見つけた」

ヨシミの店に足を踏み入れるのはそれが初めてだったが、カウンターで飲んでいれば二人が店長と従業員の関係であることはすぐにわかった。

もう少し悠真の様子を眺めていたくて、飲めもしないウィスキーを注文した。唇を湿らせる程度にちびちびと酒を飲み、そっと横目で盗み見た悠真は、昨日の勇ましさが嘘のように温和に微笑《ほほえ》み、酔った客の相手をして、くだらない話にも大人しく相槌《あいづち》を打っていた。

「接客中の君を見て、これは仕事用の顔なんだな、と思った」

「仕事用というか……猫をかぶってるだけです」

「その場にふさわしい態度を選んで変えられるということだろう。随分プロ意識が高いものだと感心した。でも、一番驚いたのは――」

そこまで言って、峰守がふっと口元を緩ませる。

「店に通い始めて間もない頃、うっかり俺がカウンターで寝込んでしまったことがあっただろう」

「ありましたね、そんなこと。具合でも悪くなったのかなってちょっと心配してました」

今ならば、酒に弱い峰守が酔ってウトウトしていたことくらいすぐにわかるが、当時はまさか峰守がジュースみたいなカクテルで酔ってしまうほど酒に弱いなんて夢にも思わなかった。だからあのときは、カウンターに頬杖《ほおづえ》をついて動かなくなった峰守は具合が悪いのか、はたまた機嫌が悪いのかどちらだろうとはらはらしていたものだ。

「あのとき、珍しく他の客が俺に絡んできただろう？」

「それも覚えてます。べろべろに酔って、足元も覚束《おぼつか》ないお客さんが峰守さんの隣に座ったんですよね。『酒飲んでるときまで辛気臭い顔してんじゃねぇよ』とか言いながら……」

おそらく峰守の強面《こわもて》が認識できないほど相手も酔っていたのだろう。

その日は新年一発目の営業日で、店には正月気分の客が大勢出入りしていた。店内は隣り合って座る相手にすら大声で話しかけないと声が届かないくらいの乱痴気騒ぎで、羽目を外し過ぎた客が果敢にも峰守に絡んでいったのである。

「目が覚めたら隣に見知らぬ客が座っていて、大声で何か俺に話しかけてくるから何事かと思った。上手く声が聞こえなくて困っていたら……カウンターから君が出てきた」

客席に近づいてきた悠真はいつものように柔らかな笑みを浮かべ、峰守に絡んでいた客の後ろに立つと、そっとその肩に手を置いた。身を屈《かが》め、喧騒でも声が届くよう客の耳に口元を近づけた悠真の顔が、峰守の視線の高さまで下りてくる。

あのとき、と、峰守は溜息交じりに呟く。

「それこそ天使のように完璧な笑顔を浮かべた君が、酔っ払いの耳元で『いい年してガキみたいな飲み方してんじゃねぇ』と吐き捨てた姿が忘れられない」

悠真は軽く目を見開き、一瞬で顔を青ざめさせた。

悠真の表情が急変したのを見て、峰守は耐え切れなくなったように顔を伏せて笑い出す。しかし峰守に言われるまであの日のことなどすっかり記憶から抜け落ちていた悠真は笑えない。

言い訳をさせてもらえるなら、峰守に絡んできたあの客は悠真たちスタッフも目に余るほどの悪酔いをしていて、周囲の客にも煙たがられていたのだ。どの席に行っても爪弾きにされ、最後に流れ着いたのが峰守の隣の席だった。そろそろヨシミも「あんたもう帰んなさいよ」と客を追い出す頃だろうとは思っていたが、静かに飲んでいる峰守に「辛気臭い」だの「体がデカくて邪魔だ」だの、言いがかりめいた絡み方をし始めたので黙って見ていられなくなった。

　相手は酔っ払いだし、多少きつい言葉をかけたところで記憶にも残らないだろうとたかをくっていた。あの喧騒では周りの客にも自分の声など聞こえないだろうと思っていたのだが、峰守の耳には届いてしまったらしい。

　ならば自分の本性など、とうの昔に峰守にはばれていたのだ。そうとも知らず猫をかぶり続けてきた悠真を、峰守は一体どんな目で見ていたのだろう。

　俯いて笑い続ける峰守を戦々恐々と見詰めていると、ようやく峰守が顔を上げた。

　呆れた顔でもされるかと思いきや、峰守の唇に浮かんでいたのは柔らかな笑みだ。

「あの笑顔であのセリフを口にした君を見て、凄いな、プロだ、としみじみ思った」

「……ちゃんとしたプロは、お客さんに対して暴言を吐かないと思います」

「丁寧にお願いすれば素直に従ってくれる客ばかりじゃない。あの後すぐにヨシミさんもあの客の首根っこを摑んで店の外に放り出していたんだから、君の判断と行動は店の考え方とも合致していたってことだ。むしろ俺は、悪酔いした客に対して内心相当腹を立てていただろうに、最後まであの笑顔を崩さなかった君に拍手を送りたい」

店から出たら、この子はどんな顔をするのだろう、と思った。

怯えを隠して恋人に頭突きを食らわせた顔か、カウンターの裏で物静かに微笑む顔か、迷惑な客に満面の笑みで毒を吐く顔か、どれが一番素に近い顔なのか。

「あの日から、君のことが気になって仕方がないんだ」

言いながら目尻を下げて笑った峰守の顔が思いがけず甘くて、悠真はとっさに顔を伏せる。心臓が落ち着かない。今更のように、峰守に摑まれたままの手を強く意識した。緊張で冷たくなっていたはずの指先が、今はすっかり熱くなっていることに峰守は気づいているだろうか。

峰守は親指の腹でゆっくりと悠真の手の甲を撫で、潜めた声で囁いた。

「君の素顔を見てみたいと思った。だから店に通って、頃合いを見て君に声をかけるつもりでいたんだ。でも他の客も君に声をかけようとしているのを知って、もしも君が誰かの誘いに乗ってしまったらと思ったらもう、じっとなんてしていられなかった」

常にない焦燥感に、峰守自身戸惑ったそうだ。

俯く悠真の気を引くように、峰守が悠真の手を握る指先に力をこめる。

「一目惚《ぼ》れだったのかもしれない」

ぴくりと跳ねた指先を握り込んでごまかして、悠真は峰守に視線を向けた。

「酔っ払いに頭突きをしてる姿に、一目惚れですか……？」

「ああ、ヨシミさんを守ろうとして行動する姿が、惚れ惚れするほど勇ましかったから」

まさか、と思ったが、こちらを見る峰守の目には相変わらず優しい笑みが浮かんでいる。嘘や冗談を言っているわけではなさそうで、悠真は泣き笑いのような顔になった。

「普通、そういう姿を見たらドン引くんじゃないですかね……」

今までの恋人なら、喧嘩腰の悠真の姿など見たら眉《ひそ》を顰めたはずだ。でも峰守は逆で、悠真の素に近い言動に惹《ひ》かれたと言う。そんなことを言ってくれた人は初めてだった。

峰守は悠真の手を握ったまま、もう一方の手でそっと悠真の前髪を横に払った。

かつてなく互いの距離が近づいて、悠真は笑みを引っ込める。前髪を払った指先が頬に滑り、峰守の顔が近づいて、キスをされるのだ、とわかった。

ファーストキスのときと同じくらいか、それ以上に緊張した。目を閉じるタイミングさえ見失って峰守の顔を凝視していると、視線に気づいた峰守と目が合った。

峰守が動きを止め、頬に柔らかな吐息が触れる。

「……恋人に、してくれるんだよな？」

自信なさげに尋ねられ、何度も頷き返したら、すぐそこにある峰守の目元に笑みが浮かんだ。

「友達のまま終わらなくてよかった」

そんなのこっちのセリフだ、と口にする前に、峰守に唇をふさがれていた。

軽く触れ、少し離れてまた押し当てられる。頬を包む手が優しく肌を撫でて、指先が耳朶《じだ》に触れた。吐息を漏らしたら唇の隙間にそろりと舌を差し込まれる。

(う、わ、上手い……)

決して強引な動きではなかったのに、あっという間に舌先の侵入を許してしまった。それに気持ちがいい。口の中の性感帯を探るように舌を動かされ、ついでに指先で耳を弄《いじ》られて、見る間に体から力が抜けた。

このまま押し倒されてしまうのだろうかと頭の片隅でぼんやり思ったが、峰守は最後に悠真の唇を軽く吸うと、ゆっくりとキスをほどいてしまった。

「……酒を、冷やしておいた方がいいんじゃないか」

唇の先で囁かれて我に返る。言われてみれば、峰守から酒を受け取るどころか互いにコートすら脱いでいない。至近距離から峰守に見詰められ、悠真は慌てて背筋を伸ばした。

「あの、お酒、ありがとうございました……！　冷やして、ついでにコーヒーでも淹《い》れてきますね」

「ああ、ありがとう」

立ち上がろうとする悠真の頬を軽く撫で、峰守はかつてなく甘い表情で目元を緩めた。その顔も、仕草も、もう疑いようもなく恋人同士のそれで、危うく背後のベッドに峰守を押し倒してしまいそうになった。

なんとか理性を総動員してキッチンに戻った悠真は、湯を沸かしながら、焦るな焦るな、と自分を戒める。時刻はまだ宵の口で、二人で過ごす時間はたっぷりあるのだから。

でもこの後のことを想像するとどうしたって唇が緩んでしまう。

明日の朝、峰守と自分の関係はどう変化しているのだろう。想像するだけで、悠真の胸は期待と緊張ではじけ飛びそうだった。


　日も落ちる頃、初めて自宅を訪ねてきてくれた恋人とぎこちなくコーヒーを飲んで、緊張がほぐれてきた頃にアルコールを出して、互いに相手の顔をちらちらと盗み見ながら食事をする。それは恋愛の醍醐《だいご》味《み》を凝縮したような時間だった。

　峰守もいつになく表情が柔らかかった。途中、汚れた器を片づけたりトイレに行ったりして席を立ち、座り直すたびに互いの距離が近づいていくのがわかる。

　気がついたら肩の触れ合う距離に峰守が座っていて、それまで絶え間なく続いていた会話が途切れた。互いの視線が絡まり合い、瞼《まぶた》が落ちる。

　間近で感じた峰守の吐息は、びっくりするほど熱かった。

　そんな夜を過ごした翌朝、悠真は見慣れた自室でゆっくりと目を覚ました。

　瞼を上げると、カーテンの隙間から差し込む日差しが見えた。目覚めたばかりの部屋には埃《ほこり》も立っておらず、室内に斜めに射し込む日の光を遮るものは何もない。

　ほんの少しだるくて熱っぽい体はそのままに、視線だけ動かして横を見る。ベッドの上には、深い寝息を立てる峰守の姿があった。

自分の部屋に他人がいる。恋人の寝顔を自室で眺める初めての朝は、いつも少し不思議な気分になった。会社の机の上にショートケーキが載っているような、あるはずのないものがそこにあって、そのことに胸が疼《うず》くほど嬉しくなる。

端整な峰守の寝顔をしばし眺め、悠真は仰向けの体勢で天井に顔を戻した。

静かに溜息をついたら期せずして長々と尾が伸びた。吐き出す息がなくなってもなお、悠真は息を吸うことができない。できるわけがない。このまま息を詰めて海の底にでも沈んでしまいたい。

（やらかした……）

のろのろと腕を上げ、両手で顔を覆う。悠真が横になっているのはラグを敷いた床の上で、峰守はベッドの上だ。二人とも昨日着ていた服のままで、傍らのローテーブルには総菜の入っていたパックや空になったコップ、日本酒の空き瓶がごろりと転がっていた。

大学時代、友人のアパートで酒盛りをした翌日のようだ。ようだというか、その通りだ。

恋人が自宅を訪ねてきて、あまつさえ一泊してくれたというのに、悠真と峰守は一線を超えることもなく、酒だけ飲んで寝落ちしてしまったのだった。

（ああぁぁ、もう、俺の馬鹿……！）

悠真は顔を手で覆ったままゴロゴロと床の上を転げまわる。埃が立って、カーテンの隙間から差し込む日差しがキラキラと乱反射したがそんなものを眺めている余裕もない。

昨日は峰守に告白をして、隠していた本性も詳《つまび》らかにし、めでたく恋人同士になってキスもした。そのあと軽くコーヒーなど飲んで、用意していた総菜をテーブルに並べ、峰守の持ってきてくれた日本酒も開けた。すべて順風満帆だった。

峰守が酒に弱いことは重々承知しているし、飲ませすぎては峰守がつぶれてしまうことも予想できたため、悠真は峰守のためにアルコール度数のごくごく低い缶チューハイなど用意していた。ノンアルコールカクテルを用意してもよかったのだが、酒を買いに行った時点では峰守がこちらの告白を受け入れてくれるかわからなかったため、少しでも峰守の背中を押す要素が増えればと祈るような気持ちで用意しておいたのだ。

悠真は日本酒を、峰守は缶チューハイを開け、まずは二人で乾杯をした。

峰守が買ってきてくれた酒は美味かったが、このあとの展開をあれこれ考えるあまり気もそぞろだったのは否めない。それでつい、酒を飲むペースが上がってしまった。

峰守も悠真のペースにつられて、かなり早々に缶チューハイを空にしていた。とはいえ、アルコール度数三パーセントのチューハイなんてジュースとほとんど変わらない。峰守の頰がうっすらと赤いのは、きっと峰守もこの後のことを考えて興奮しているせいだろうと気にも留めず悠真は二本目の缶を峰守に手渡した。

酒を飲みながら他愛のない話をして、ときどき笑って、目が合うとどちらからともなく視線を逸らし、なんとも甘酸っぱい気分でまた酒を口に運ぶ。ときどき峰守が何か言いたそうな顔でこちらを見てきたりするので、いよいよ何か起こるのではと緊張してぐい酒を飲んでしまったりもした。

ちょっとやそっとでは酔わない自分を過信していた。同じ量を飲んでいても、なぜか外で飲むより家で飲む方が酔いやすいという謎の法則も失念していた。

いつの間にかかなりの量の日本酒を飲み干して、悠真にしては珍しく上半身が不安定に揺れ始めたとき、悠真はもう一つの過失に気づいた。

峰守が、思った以上に酒に弱かったということである。

少しだけ峰守にも味見をしてもらおうと、最初にほんの一口日本酒を飲ませたのが悪かったのか、峰守はチューハイ二本で悠真以上に上体がぐらぐらになっていた。飲ませすぎたかと慌てたがもう遅い。峰守は重たげに瞼を上下させ、しばらくはなんとか頑張って意識を保っていたようだが、最後は床に座ったまま悠真のベッドに突っ伏して寝息を立て始めてしまった。

あのときほど、自分の失策を悔やんだことはない。

一応、悠真も峰守を起こしはした。明日は日曜で峰守の仕事は休みのはずだが、もしかしたら何か予定が入っている可能性もある――という言い訳のもと、かなり本気で揺さぶり起こした。峰守も何度か目を覚ましたものの、その目はとろりとして会話もままならず、見詰め合っても三秒で瞼が落ちる。呼吸は早く、吐く息は熱い。これはもう頑張ってどうこうできる状態ではないと諦め、念のために呂律《ろれつ》の回っていない峰守から明日の予定がないことを聞き出して なんとかかんとかベッドに押し込み、その後は一人淋しく日本酒を飲み続けた。

ちなみに、峰守が持ってきた酒は一升である。いかな悠真が酒豪といえども、一人でこの量を飲めば素面《しらふ》でいられるわけもなく、気がついたときは床に寝転がっていた次第だ。

せめて自分がもう少し冷静だったら、峰守の顔色を正しく見極め、二本目の缶チューハイを渡さずに済んだのに。考えるだけ無駄だと知りつつも後悔を繰り返していると、ベッドに横たわっていた峰守が低く呻《うめ》いた。

悠真は顔を覆っていた手を下ろして起き上がると、眩しそうに目を瞬かせている峰守の顔を覗き込んで「おはようございます」と声をかけた。

峰守はしばらくぼんやりと悠真を見上げていたが、はっと目を見開くや勢いよく身を起こした。室内を見回し、自分の体を見下ろして、ああ、と低い声を出す。

「……すまない、酔って寝たか」

呟いた峰守の顔はどこか落胆して見えた。

初めて訪れた恋人の家で、何事もなく迎えた朝。峰守も自分と同じ理由でがっかりしているのだろうか。そうだとしたら、悠真も嬉しい。

少し気分が浮上して、悠真は機嫌よく峰守に笑いかけた。

「俺もうっかり飲みすぎて寝ちゃいました。よかったらシャワー浴びますか？　新品の下着もありますよ。前にサイズ間違えて買っちゃったやつなので、峰守さんも着られると思います」

もちろんサイズを間違えた云々《うんぬん》は嘘で、峰守が泊まっていったときのために用意しておいたのだが敢《あ》えて言う必要もない。申し訳なさそうな顔でバスルームへ向かった峰守を見送り、悠真はローテーブルの上を片づけた。

(まあ、ちょっと想像とは違ったけど、峰守さんとは正式に恋人同士になれたんだし、焦る必要もないよな。次の機会なんていくらでもあるんだし)

自分で自分を励まして、キッチンで湯を沸かしていると峰守がシャワーから出てきた。

まずは朝食でも食べようと、コーヒーとトーストした食パンを持って部屋に戻る。

「……本当にすまない。朝食まで用意してもらって」

大きな体を縮めて恐縮する峰守を、悠真はからりと笑い飛ばした。

「こちらこそ、大した朝ごはんも用意できずにすみません」

いや、と小さく首を振り、峰守はコーヒーを一口飲んで大きな息を吐いた。

「昨日は、君に話しておきたいことがあったんだ。そのタイミングを計りかねて酒を飲んでいたら、思ったより深酒になったらしい」

「話したいことですか？　なんです？」

トーストした食パンの耳をカリカリとかじりながら悠真は尋ねる。なんの身構えもなく、午後の予定を尋ねるような気楽さで。

だから、コーヒーの湯気を溜息で吹き飛ばした峰守がこう言ったときは驚いた。

「四月から、大阪《おおさか》に転勤することになった。戻ってくるのは三年後になると思う」

悠真の口元から、ぽろりとパンくずが落ちた。

峰守はコーヒーカップを手にしたまま、ひどく申し訳なさそうな顔でこちらを見ている。互いに言葉はない。無言のまま見詰め合ううちに悠真の頭にもだんだんその意味がしみ込んできて、同じスピードで目の焦点が峰守から背後の窓にずれた。

中途半端に半分閉まったカーテンからは、斜めに朝日が射し込んでいる。

コーヒーの湯気と、部屋に漂う小さな埃が光の中を横切って、悠真は虚空を見詰める猫のように光の筋を見詰めることしかできなかった。


最初に就職した会社では、初年度の半分近くを新人研修に費やし、残りは先輩の陰に隠れるようにして動くことがほとんどだった。もっと仕事が欲しい、いろいろなことをやらせてもらいたい、一体どうすれば仕事が回って来るだろう、などと日々悩んでいたものだが、今にしてみればなかなか贅沢《ぜいたく》な悩みだったな、と思わざるを得ない。

悠真が転職してから三週間が過ぎ、東京《とうきょう》でも桜の開花宣言がなされた。

この三週間、とにかく悠真は忙しかった。平日は営業活動、休日はイベントの現場に立ち会い、その合間を縫って企画会議に参加、資料の作成と、比喩ではなく目を回しそうだ。

転職先は圧倒的に人手が足りない。猫の手だろうと、入社したばかりの新人だろうと、使えそうならなんでも使う。いっそ使えなくても無理やり現場に駆り出して案山子《かかし》の代わりにするくらいの勢いだ。

社内コンペなんて悠長なものもなく、会議で社員全員がわっと意見を出し合って、「よし、今回は三城《みき》が企画まとめとけ」なんて社長から名指しで言われる。おかげで悠真も夢だった企画書を提出することができた。準備期間が恐ろしく短かったので不眠不休を強いられはしたが。

とにもかくにも忙しく、ヨシミの店にもなかなか足を向けられずにいたのだが、桜のつぼみがほころぶ頃、ようやく仕事がひと段落して久々に店を訪れることができた。

「あら、いらっしゃい。ミキがお客さんとしてうちに来るのは久しぶりね」

平日の夜、ふらりと店に立ち寄ってみると、カウンターの向こうからヨシミが声をかけてくれた。その隣には圭介の姿もある。

まだ週の頭だったこともあり、店内に客の姿はまばらだ。カウンター席に腰掛けるとすぐに圭介が「ミキちゃん、久しぶり」なんて言いながらオーダーを取りにきた。

ハイボールとつまみを頼むと、カウンターを挟んで正面にヨシミが立った。

「どうよ、新しい仕事は。ちょっとは慣れてきた？」

ヨシミからハイボールを受け取りながら、悠真は「ちょっとだけですけど」と苦笑を漏らす。

「こんな遅い時間まで仕事？　大変ねぇ」

「いえ、今日と明日は休みなんです。この前の土日に出勤したので、代休で」

「せっかくのお休みなのに、彼氏と一緒じゃなくてよかったの？」

ハイボールに口をつけようとしていた悠真の動きが止まる。

悠真はいったんグラスをカウンターに置くと、ヨシミを見上げてにこりと笑った。

「峰守さん、平日は基本的に仕事ですから。それに最近、峰守さんも忙しそうなので、仕事の終わりに時間を合わせてもらうのも申し訳ないかな、と」

「あら、そうなの？」

そうなんです、と笑顔のまま頷いて、悠真は今度こそグラスに口をつける。

悠真が酒に強いことを知ってか、ヨシミが作ってくれるハイボールはいつも少し濃い目だ。ちょっとしたサービスが嬉しくて、悠真は喉を鳴らして酒を飲む。ヨシミも笑顔でそれを見守っていたが、グラスになみなみと注がれたハイボールを悠真が息もつかず一気に飲み干したのを見て顔色を変えた。

「ちょっと……！　あんたが強いのは知ってるけど、一気飲みとかやめなさい！」

「すみません、久々にヨシミさんの作ってくれたお酒を飲んだら、美味しくて」

悠真は笑顔のまま答えて、空のグラスをヨシミに手渡した。同じものを、と注文すると、ヨシミの眉間に皺《しわ》が寄る。

「……あんた、なんか嫌なことあったでしょ」

悠真の差し出すグラスを受け取ろうとせず、ヨシミは胸の前で固く腕を組んだ。

「あんたがそうやってひとりで酒を飲んでるときはろくなことがないのよ。前の仕事辞める直前もそうやってニコニコしながら無茶苦茶な量飲んでたじゃない。また仕事でトラブル？」

「いえ、仕事は忙しいですけど、順調です」

「だったら恋人ね」

断定して、ヨシミは悠真から空のグラスを取り上げた。

「聞いてあげるから、ちゃんと言いなさい」

こちらに背を向けて新しいハイボールを作り始めたヨシミを眺め、悠真は小さく溜息をつく。店に来たのは気分転換のためであって、決してヨシミに泣きつくつもりはなかったのに。

（ヨシミさんにはお世話になってばっかりだな……）

悠真は父親の顔をよく覚えていないが、父がいたらこんな感じだっただろうか。

もしこんなことを考えているとヨシミにばれたら「やめてよ、父親なんて」とひどく嫌な顔をされそうで、悠真は余計な言葉を呑み込んでヨシミの差し出すグラスを受け取った。

「で？　峰守さんだっけ？　あの人と別れたって話？」

「それともいよいよ魔王の性癖がえぐすぎてつき合いきれないとか、そういう相談？」

悠真が店に入ってから一時間後、閉店を待たずに悠真以外の客が全員帰り、ヨシミは早めに店を閉めてカウンターに座る悠真の隣に腰を下ろした。反対隣には圭介もおり、楽しそうな顔で悠真の返事を待っている。

悠真は沈鬱な表情で、「どっちも違います」と答えた。

「……峰守さん、来月から大阪に転勤になったんです。帰ってくるのは、三年後らしくて」

項垂れる悠真の左右で、ヨシミと圭介がほぼ同時に「なぁんだ」と声を合わせた。

「遠距離恋愛になるから落ち込んでるってこと？　それが理由で別れようって話になってるわけじゃなく？」

「なんだよ、結局のろけじゃん。恋人と離れ離れで淋しいって話？　三年後には帰ってくるんだし、いいじゃん」

「よくないですよ！　三年ですよ……！」

悠真は本気で嘆いているのに、ヨシミと圭介は「恋人がいるだけいいでしょ」とにべもない。二人してしばらくは落ち込む悠真を肴《さかな》に酒など飲んでいたが、いつまでも悠真が会話に参加してこないのを見てさすがに気の毒に思ったらしい。「でもまあ、三年はちょっと長いか」と圭介が悠真の背中を叩いてきた。ヨシミからも「三年も大阪に何しに行くのよ」と尋ねられ、悠真はのそのそと顔を起こした。

二週間前、峰守を初めて部屋に泊めた翌朝のこと、峰守はトーストとコーヒーという簡素な朝食を食べながら転勤の経緯を語ってくれた。

「うちの会社が、大阪に新しく支社を作ったんだ。そこを足掛かりにして西日本での事業を拡大したいらしい。支社の社員は現地で募集をかけるが、本社の社員も合流する。そのメンバーに選ばれた」

本社から派遣されたメンバーは支社に集まった新社員の指導者的ポジションに立つらしい。エリアマネージャーという肩書もつくそうで、峰守からしてみれば栄転だ。

突然の転勤宣言に驚きつつも「おめでとうございます」と声をかけたのだが、峰守は諸手を挙げて喜んでいるようにはとても見えない顔で目を伏せてしまった。

「転勤の打診はかなり前からあったんだが、長いこと断り続けていたんだ。そんなに責任のある仕事を引き受けるだけの能力が自分にあるとも思えん。俺みたいな若造がのこのこ出向いて、支社のメンバーが素直に話を聞いてくれるかどうかもわからないしな」

「でも、会社から何度も打診があること自体、峰守さんが有能な証拠では？」

悠真の言葉に、峰守は「どうかな」と首を傾《かし》げる。

「周りは俺を買い被《かぶ》りすぎるところがある。実際は決断力もなければ度胸もない、不器用で不愛想なだけの男なのに。みんな俺のこの顔に妙な幻想を抱いているんじゃないか」

微苦笑を浮かべて顎を撫でた峰守を、悠真はまじまじと凝視した。

峰守は三十歳だが、苦み走ったその顔は実年齢より上に見える。表情や声の抑揚が乏しいので、ちょっとやそっとでは動じない頼もしい印象もあった。周囲に緊張感を与える強面は人当たりこそよくないものの、その分ストイックに物事に取り組み、なんらかの成果を残しそうだ。

全部イメージだ、と峰守は言うが、会社がイメージだけで社員に仕事を割り振るとも思えない。だから悠真は、食事もそっちのけで身を乗り出して訴えた。

「峰守さんが選ばれたのは見た目のせいだけじゃないと思います」

「だが……」

「いや、もしかしたら支社の人たちに舐められないようにそのちょっと怖い外見を必要とされたってこともあるのかもしれませんが、でもやっぱり、まったく仕事ができない人をわざわざ選ぶわけもないと思うんです。もっと自信持ってください！」

熱弁を振るう悠真を見て、峰守が目を丸くする。

「見た目というのは、そういうことじゃなく……」

ならばどういうことだと首を傾げた悠真を見て、ふいに峰守が相好を崩した。

「いや、うん。そうだな。見た目だけで選ばれたわけではないといいな」

一体何が峰守の機嫌を良くしたのかはわからないが、峰守は転勤の話を持ち出したときよりずっと穏やかな顔になってコーヒーを口元に運んだ。

「自分の実力が浮き彫りになるのが怖くて、ずっと大きな仕事は避けてきたんだ。でも今回は、覚悟を決めて引き受けることにした。……君のおかげだな」

「俺ですか？」と素っ頓狂な声で返せば、峰守にしっかりと頷き返された。

「一度の失敗を恐れず、改めて好きな仕事に挑戦しようと頑張っている君の姿を見たら、俺も逃げてばかりいないで、自分にできることはやってみようと思えた。君に似合う男になりたいと、そんな気持ちにもなった」

そう言って、峰守は笑った。悠真の方が照れくさくなるような、愛《いと》しさを込めた目でこちらを見ながら。

「――やだぁ、結局のろけじゃない」

いつの間にか煙草《タバコ》を吸い出したヨシミが、煙と一緒にだるそうな声を吐く。圭介も手酌で水割りの焼酎など作りながら、「ごちそうさまです」と抑揚のない声で言った。

「でも一番盛り上がってるときに離れ離れになるのはきついかもなぁ。いっそミキちゃんも魔王と一緒に大阪に行っちゃえば？」

軽い口調で圭介に言われ、悠真は両手で顔を覆った。

「それも考えなかったわけじゃないですけど……！」

「考えたんだ」

「できるわけないじゃないですか、やっと転職先が決まったばかりなのに！」

「そうよねぇ。あんたが頑張る姿を見て峰守さんも奮起したみたいだし、ここであんたが仕事を放り出したりしたら、なんかもう本末転倒って感じ？」

そうだよな、と圭介も悠真の背中を軽く叩く。

「遠距離恋愛を理由に別れようって話になったわけでもないんだろ？　ここはもう腹をくってさ、離れる前にせいぜいヤリ溜めしとけばいいじゃん！　こんな所でくだ巻いてる暇があったら、今からでも魔王の家に乗り込んでいって押し倒しちゃえば？」

「あの人絶倫っぽいし、気絶するまでハメてもらえばいいじゃない！」

あけすけに言い放ち、圭介とヨシミは声を合わせて笑う。だが、真ん中にいる悠真がくすりともしないどころか、前より深く項垂れたのに気づいたのか笑いを収めた。

「……もしかしてミキちゃん、まだ魔王と最後までやってないとか？」

まさかね、と続きそうな圭介の言葉に、悠真は溜息を返した。否定しなかったのが答えのようなもので、圭介は「マジで！」と声を高くする。

「だって魔王がミキちゃんに声かけてきたのって一月だっけ？　もう二か月以上つき合ってるのに、まだやってないの？　それ本当につき合ってんの？」

「つき合ってはいます！」と答える声に必死さが滲んだ。お互い告白もしたし、キスだってした。自分たちはもはやお友達ではなく、恋人同士だ。ただ、キスより先に進んでいないだけで。

「出張前の準備で忙しくて、峰守さんと全然会えてないとか？」

ヨシミの言葉に、それもあります、と悠真は頷く。峰守は四月から大阪勤務で、引っ越しまでもう二週間もない。土日は引っ越しの準備で忙しく、悠真は悠真で激務が続き、会えても外で夕食など食べて別れることがほとんどだ。

食事が終わった後も離れがたく、別れの時間を引き延ばすように駅の近くのコンビニでコーヒーを買って公園に寄ったこともある。人気《ひとけ》のない夜の公園でとりとめのないお喋りをしていたら、途中でふっと会話が途切れ、どちらからともなくキスをした。

あのときは、さすがにこのままホテルに行くことになるのではと期待したが、結局その日も何事もなく解散となった。代わりに駅まで、人目を忍ぶようにして手をつないで歩いた。悠真の手を包みこむ峰守の手は温かくて、ますます離れ難い気持ちになったものだ。

「自分からホテルに誘えばよかったじゃない」

「お、俺も、そう思ったんですけど……」

でもできなかった。これまで自分から積極的に恋人を誘った経験などなかったからだ。

マッチングアプリで出会った恋人たちは、メッセージでのやり取りをしているときは口調も丁寧なのに、実際に悠真と会うとたちまち口調が崩れ、文面から感じた礼儀正しさも消えてしまう。悠真のように大人しそうな相手なら御しやすしとでも思うのか強引に迫ってくる相手も多く、おかげで悠真は自分から相手を誘う経験がないまま今日まで来てしまった。

恋人からあれこれ求められていたときは、こっちの都合も考えないで、といくらかうんざりしていたものだが、いざ自分から相手に何かを求めようとすると、途端に難しくて動けなくなる。キスをしよう、抱き合おう、ホテルへ行こうと声をかけ、断られたらと思うと身が竦《すく》む。

そう考えると、過去の恋人たちもあっけらかんと悠真をホテルに誘っているようでいて、内心勇気を振り絞っていたのかもしれない、なんて思うようにすらなった。

本当は悠真だって、峰守ともっとキスがしたいしセックスもしたい。だが、峰守は一向にそういった欲望を匂わせない。もしかするとプラトニックな恋愛を好むタイプなのかもしれず、ぐいぐい迫って当惑されたらと思うと怖くて自分からは何も言い出せなかった。

この事実は、悠真にちょっとした衝撃を与えた。

実家を出て、母親の目を気にしなくて済むようになってから、悠真は思ったことを口に出せるようになった。前の会社では新人という負い目もあって先輩に反論することはできなかったが、恋人に対してだけはきちんと物申せるつもりでいた。恋人となら喧嘩だってできる。自分は変わったのだと自信を持っていたのだが。

(もしかして俺、恋人に対しても後手後手に回ってたんじゃないか……!?)

峰守との仲を進めたくとも口にできない自分を顧みて、そんな可能性に行き当たった。

振り返ってみれば、自分が恋人と喧嘩をするときはいつも、もう相手と別れても構わないと思い詰めたときだった。まだ相手への好意がある頃は、多少嫌なことがあっても口をつぐんでしまっていたことに事ここに及んで自覚した。

(俺がそんな態度だったから、相手が増長するところもあったんだろうな……)

峰守と過去の恋人たちを比較すべく昔の記憶を引っ張り出していたら、思わぬ事実に行き当たってしまった。おかげで反省したり後悔したり、悠真の精神は疲弊していく一方だ。

「そう落ち込むんじゃないわよ。大阪だったら新幹線で三時間くらいでしょ？　海の向こうでもあるまいし、毎週会おうと思えば十分会える距離じゃない」

「そうだよ、電話だったら毎日できるし」

ヨシミと圭介に明るい調子で励まされ、悠真は俯いたまま口を開いた。

「……電話は毎日かけてこなくていいって断られました」

店内に唐突な沈黙が落ちた。と思ったら、左右からヨシミと圭介が身を乗り出してくる。

「え、何それ、マジでそんなこと言われたの？」

「あんたそれ……ちょっとどうかと思うわよ」

二人の声に深刻さが滲んだのに気づき、悠真は慌てて「違うんです」と弁解した。

「電話をしてくるなって言われたわけじゃなくて、実際はもっとやんわり断られたというか、俺も転職したばかりで大変だろうから、無理して毎日電話をくれなくても大丈夫だって、そういう言い方で……」

「つき合いたての恋人同士なら、仕事の合間を縫ってでも声を聞きたがるもんだと思うけど？　断られたってことは、あんたの方から毎日電話したいって言い出したんでしょ？」

ヨシミはよく人の話を聞いている。何気ない言葉尻を指摘され、悠真は言葉を詰まらせた。

「峰守さんが大阪に行ったら、毎日電話とか、します？」と提案したとき、悠真は言葉の裏に、毎日でも電話がしたい、という願いを滲ませていた。けれど峰守は「そうできたら嬉しいけれど」と前置きした上で、やんわりと悠真の申し出を断ったのだ。

峰守は、まだ新しい仕事に慣れていない悠真が連日遅くまで残業をして、峰守と会うために仕事を持ち帰ることとさえあるのを知っている。だからきっと、本心からの優しさでそう言ってくれたのだろう。そのくらいわかっているが、それでも少し淋しかった。

「……なんか、ちょっと変じゃん？」

悠真の横で新しい焼酎の水割りを作っていた圭介が、グラスの中の氷をからからと言わせながら口を挟んできた。それまでの気楽さを消した真剣な表情に、悠真も思わず身構える。

「変って、何が……」

「魔王が。俺ずっとミキちゃんののろけ聞きながら、魔王って案外いい人だったんだな、とか安心してたんだけど、なんかこう……変な感じがする」

「だから、何が変なのよ」

ヨシミからも問いただされ、圭介は辺りを憚《はばか》るように声を潜めた。

「なんか、魔王のやってることって結婚詐欺っぽい気がするんだけど……」

悠真はすぐには言われた意味がわからず、反対隣にいるヨシミに顔を向ける。ヨシミも悠真と同じくぽかんとした顔をしていたのでほっとしたが、圭介の表情は険しいままだ。

「だって、不自然なタイミングで告白してきたくせに、その場でホテルに誘うわけでもなく」

「それはむしろいいことじゃない」

「いやいや、俺ちょっと心配だったもん。告白された後、ミキちゃんが改めて昼間に魔王と会うことになったって聞いたときも、もしかしてミキちゃん、喫茶店で壺《つぼ》とか売りつけられるんじゃないかな、とか」

そんな馬鹿な、と悠真は声を立てて笑ったが、今度はヨシミが真顔になってしまった。

「そうね。ミキがデートに応じたって聞いたときは、この子こんなにチョロくて大丈夫かしらって心配になったし、壺か絵画くらい売りつけられるかもしれないって心配もしたわよ」

「えっ、そうだったんですか!?」

「でも、いざつき合ってみたら清い関係のままって……まさか魔王、あの形で童貞とか？」

「そ……それはない、と思いますけど」

童貞があんなにキスが上手くてたまるか。毎回腰が砕けそうだし、それだけに悠真はじりじりと焦《じ》らされているのだから。

「そう、だからさ、そうやって焦らすだけ焦らして決定的なことはしないって、なんか変なんだよ。挙句、ここに来て急な転勤って、ちょっとおかしい気しない？」

圭介の熱弁に引きずられたのか、そうねぇ、とヨシミも思案気な顔になる。

「相手が夢中になったところですっと身をかわすのは、恋愛を餌にする詐欺の常套《じょうとう》手段よね」

「ヨシミさんまでそんな……！」

「あり得ないとは言い切れないって！　お互いの距離が離れた途端『病気になった』とか『事故に遭った』なんて連絡が魔王からきて、ミキちゃんが魔王の口座に大金振り込んだりしないか俺は心配だよ」

まさか、と口では言ったものの、もしも本当に峰守からそんな連絡がきたら、疑いもせずまとまった金を送金してしまう自分の姿が容易に頭に浮かんだ。そんな悠真の顔色を読んだように、圭介がズボンのポケットから携帯電話を取り出す。

「とりあえず、魔王の会社が本当に大阪支社を作ってるのかどうかだけでも調べたらどうよ。四月からあっちに行くってことは、もうとっくに社員の募集なんかは始まってるんだろうし。ほらミキちゃん、魔王の会社の名前は？」

悠真はぎくりと背中を強張《こわば》らせ、小さな声で「知りません」と答えた。

圭介は意外そうな顔をして、手にしていた携帯電話をカウンターに置く。

「そうなんだ？　俺はつき合ってる相手の仕事とか気になるからあれこれ訊いちゃうけど、ミキちゃんはそういうことしない？」

「いや、俺も訊いたことはあります。最初のデートで。そのときは会社員だって言われて」

「会社員？」と圭介が眉を顰《ひそ》める。

「あ、でもその後、ＩＴ企業に勤めてるって教えてくれました」

「ＩＴ企業ねぇ……。ＩＴなんて手広くやってるだけに、会社を特定しにくい言い回しよね」

「やっぱりおかしいって！　普通、仕事先くらい訊かれたらすぐ答えるでしょ。言葉を濁すのがもう怪しい。家はどんな感じだった？　普通の会社員っぽい家だった？」

今度こそ、悠真はぐっと言葉を詰まらせる。強張ったその顔を見て、まさか、とヨシミが眉を上げた。

「……家に行ったことないの？」

「タイミングが合わず……まだ」

「二か月もつき合ってたらさすがにあっただろ、家に行くタイミングくらい！」

「い、一度、峰守さんの家に行ってみたいって言ったこともあったんですけど」

あまりにも峰守が健全なデートばかり繰り返すものだから、いっそ相手の家に飛び込んでしまえば何か起こるのではないかと画策してそう申し出たことはあった。けれどあのとき峰守は、部屋が散らかっていて人を呼べる状況ではない、と悠真に釘《くぎ》を刺してきたのだ。

「部屋が散らかってるから呼べないなんて、他に愛人囲ってるときの常套句じゃない？」

ヨシミは平気で恐ろしいことを言う。悠真の顔色は悪くなる一方だ。

（でも言われてみれば、俺の転職祝いに峰守さんが酒を買ってくれたとき、うちに来るか峰守さんの家に行くかって話になったときも、峰守さん迷わず俺の家に行くって言った……）

悠真を自宅に招けない理由でもあるのか。一度疑念が湧いてくると、今回の転勤の件もあまりに唐突ではないかと違和感を覚え始めてしまう。

「名刺も見たことないの？」

「な……ないです」

「家がどの辺にあるのかもわからない？」

「最寄り駅くらいは教えてもらいましたけど……結構、都心の方の」

「都心住まいかぁ。前から思ってたけど、魔王ってかなり金持ちだよね」

ブランド物に詳しい圭介は「身なりでわかる」と鼻の穴を膨らませた。

「靴もコートも時計も、全部超有名な老舗ブランドばっかり。それも金ピカでいかにも高いって感じのじゃなくて、さりげなーく物がいいんだよ。あんなの普通のサラリーマンが買えるとはとても思えないんだけど。腕時計だけで五十万とか軽く超えてるし」

ひっ、と悠真は喉を鳴らす。悠真の部屋に泊まったとき、無造作にテーブルに置かれていたあの時計がそんなに高価なものだったとは。ブランド物に疎いので全く気づかなかった。

時計に血道を上げていて、他のものの出費を抑えているというならいざ知らず、峰守は服やその他の小物もさりげなくハイブランド品で揃《そろ》えているらしい。

「……よっぽどの大企業に勤めてるとか」

「だったらますます仕事を教えない理由がわからないわよ。そこいらの男だったらむしろ一番に自慢してくるポイントでしょう」

「み、峰守さんはそういうことをひけらかす人ではないので……！」

必死で峰守を庇《かば》っていると、圭介がぽんと悠真の肩に手を置いた。

「ミキちゃんだって本当は、魔王には何か大っぴらにできない裏の顔があるんじゃないか、とか疑ってたんじゃないの？」

「……裏の顔って」

「二か月もつき合ってるのにエッチの一つもしないってことはさ、もしかして魔王、ミキちゃんに自分の体を見せられない理由でもあるのかもしれないよ？」

体、とオウム返しする悠真の傍らで、ヨシミが新しい煙草に火をつけた。

「入れ墨でも入れてるとか？　じゃなかったら、銃創があるとか」

「まさか！」

とんでもない言葉に驚いて鋭く否定してみたが、唇の隙間から煙を吐いたヨシミに「でも、見たことないんでしょ？」などと言われては反論できない。青ざめた顔で黙り込んでいると、圭介が悠真の空のグラスに氷を投げ入れてきた。

「まあ、全部状況証拠というか、想像でしかないんだけどさ」

反対側からヨシミの手も伸びてきて、氷の入ったグラスにウィスキーと炭酸水を勢いよく注ぎ入れられた。

「そうよ。気になるなら本人に訊いてみなさい。あんたはすぐ自分の殻に引きこもってぐずぐず考え込むから話がこじれるのよ」

そう言ってヨシミが差し出してきたハイボールはかなり濃い目に作られているらしく、炭酸が弾ける音とともにウィスキーの香りが立ち上ってきた。

「峰守さん、来月には大阪に行っちゃうんでしょ？　物理的な距離が開く前に、気になることは全部言葉にしておいた方がいいと思うけど」

「そうだよ。腹に一物抱えたままの遠恋はきついと思うよ」

二人の言葉に頷きながらも、悠真の心はすでにここにない。峰守はそんな怪しい人ではないと言いたいのに、これまで目を逸らし続けてきた疑問に焦点が当たって、無視することができなくなってしまった。

(俺は、峰守さんの何を知ってるんだろう……？)

ようやく告白をして、恋人になれて、ぐっと距離も近づいたと思っていたのに。

峰守の存在が急に遠くなったような不安に苛《さいな》まれ、ヨシミが作ってくれた濃い目のハイボールも、酔うどころかほとんど味を感じなかった。

ヨシミの店を出た後も、翌日の代休も、悠真《ゆうま》は峰守《みねもり》に連絡をすることができなかった。何度も峰守にメッセージを送ろうとしたが、どんな言葉で何を尋ねればいいのか上手《うま》くまとめることができず、せっかくの休みは自宅で悶々《もんもん》と過ごして終わった。

休みが明ければ相変わらず仕事が忙しく、業務の間だけはしゃんとしていられたが、会社からの帰り道ではもう背中が曲がってしまう。ヨシミと圭介《けいすけ》の言葉が頭から離れない。

峰守の家に上げてもらえないとか、仕事の内容をぼかされるとか、悠真も気になることはいくつかある。だが何より胸に引っかかっているのは、これから遠距離恋愛を始めようというのに、峰守が「電話はいらない」と断ってきたことだ。

（恋人にそんなこと言うかなぁ……）

もやもやしたまま迎えた金曜の夜、仕事を終えた悠真は会社を出るなり大きな溜息《ためいき》をついた。ヨシミの店に行ってから、峰守とは当たり障りのないメッセージを交わしただけで、肝心なことは何も訊《き》けていない。すでに峰守と想《おも》いは通じ合っているはずなのに、今更のように自分たちは恋人同士なのかと疑ってしまう。

最寄《もよ》り駅までの道をとぼとぼと歩いていたら、スーツのジャケットに入れていた携帯電話に電話がかかってきた。一瞬峰守かと思いドキッとしたが、表示されていたのは圭介の名前だ。

『もしもし、ミキちゃん？　もう仕事終わった？』

何やらがやがやした人の声を下敷きに、圭介の明るい声が耳に飛び込んでくる。

「今帰ってるところですけど……もしかして、お店からですか？」

『そう、ヨシミママのお店。でも今日は俺、バイトじゃなくて客だから。店の売り上げ貢献のために、何人か友達連れてきてんの。よかったらミキちゃんも一緒に飲まない？』

圭介とはヨシミの店でバイトをするようになってから連絡先を交換していたが、こんなふうに飲みに誘われたのは初めてだ。

駅前に到着した悠真は、改札の前に等間隔で並ぶ柱に凭《もた》れて小さく笑った。

「今日は遠慮しておきます。……もしかして、心配してくれました？」

『そりゃね。その後魔王とはどう？　話した？』

「いえ、まだ一度も」

そっかぁ、と圭介は少し舌足らずな口調で言う。すでに酔っているのかもしれない。

『これ以上深入りする前に、距離を置くのもありかもよ。魔王の転勤もいいタイミングだったんじゃん？　でも、魔王が大阪《おおさか》から金貸してくれなんて連絡してきたら絶対無視しろよ』

峰守はそんなことはしない、と言おうとしたのに、声が喉に絡まって上手く言葉にできなかった。

自分はどれだけ峰守のことを知っているだろう。何度も峰守と会って、会話を重ね、恋人になって、もう峰守のひととなりはすっかりわかった気になっていたけれど、それらすべては自分の思い込みだったのかもしれない。

「峰守さんの顔って、怖いですよね」

ぽつりと呟《つぶや》くと、電話の向こうで圭介が『怖いね』と笑った。

「でも実際に話をしてみたら、全然怖くないんですよ。むしろ優しかったです。高圧的な振る舞いをされたこともないし、つまらない自分語りを聞かされたこともないし」

『犯罪すれすれの武勇伝とかめちゃくちゃ語りそうな見かけしてるのにね』

「ああ見えてお酒に弱いんです。すぐ真っ赤になって。甘いものと小動物が好きで。そういう、見た目からは想像もつかないところに、こう……ぐっと来てしまって」

『それも全部作戦だったんじゃない？　ギャップ狙いみたいな』

改札を絶えず通り抜けていく人たちを眺め、悠真は軽く唇を噛《か》む。

実を言うと、ヨシミたちに指摘される前から悠真もぼんやり思っていた。峰守は何か隠している、と。今更峰守を悪人だとは思わない。だとすると峰守が隠しているのは、自分以外の恋人の存在ではないか。

疑いたくはないが否定しきれない。峰守はデートをしても夜が更ける前に解散してしまうし、告白した後もキスより先に進まないのだ。そしてこのタイミングで突然の転勤である。わざと距離を開けられているような気がして、それで不安になってヨシミの店に行った。何かおかしいのでは、と、自分以外の誰かにも言ってもらいたかった。

そして二人の言葉を聞くうちに、疑念は確信に変わった。これまで峰守に抱いていたイメージがゆっくりと崩壊していく。

優しい人だと思っていた。誠実な人だと思っていたのに。

『――そういうタイプじゃないと思った』

駅の雑踏を眺めていたら、ふと耳の奥で誰かの声が蘇《よみがえ》った。

誰の声かは判然とせず、いくつもの声が重なったように聞こえたそれに悠真は目を見開く。

『ミキちゃん？　どうかした？』

反対側の耳に押し当てていた携帯電話から圭介の声がする。けれど悠真はそれに答えることができない。意識の底から水泡のように浮き上がってきた言葉が、かつての恋人たちが悠真に言い放ったそれだと気づいて声も出なかった。

悠真も峰守と同じく、外見と中身のギャップが激しい。見た目は天使だなんだと言われるが、実際は純情でもなければ繊細でもなく、他人に対する鷹揚《おうよう》さもない。小さなことにぐずぐずと悩むし、そうかと思えば短気なところもある。大雑把で料理もできず、すぐに部屋を散らかす悠真を見た恋人から、思っていたのと違った、と何度言われたことだろう。

『そういうタイプじゃないと思った』『イメージと違う』そう言われるたびにむっとした。

イメージってなんだ。勝手にそんなものを押しつけるなと何度も思った。悠真が何を思い、どう行動しているのか、勝手に想像なんてしないで直接訊いてくれと憤りもした。

ずっとそう思ってきたはずだ。

それなのに、今自分がやっていることはなんだ。

「……俺、峰守さんに会いに行かないと」

気がついたら、思うより先にそう呟いていた。

自分はまだ、峰守に何も訊いていない。勝手に悪い想像ばかりして、峰守自身が何を思ってどう動くつもりなのか尋ねていない。

電話の向こうで圭介が『なんで⁉』と声を裏返らせた。

『会いに行くって、今から？　一人で？　もしなんかやばいことに巻き込まれたら……』

「大丈夫……だと思います。峰守さんは、そんな人じゃないので」

『でもなんか怪しいところいっぱい出てきたじゃん。あの男、絶対なんか隠してるよ！』

「だとしたら、何を隠しているのか聞き出さないと」

何を足踏みしていたのだろう。峰守はもうすぐ大阪に引っ越してしまって、気楽に会いに行くこともできなくなってしまうというのに。

でも今なら、在来線ですぐ会いに行ける。今だけだ。もうすぐこんな当たり前が当たり前でなくなってしまう。

幸い終電まではだいぶ余裕がある。悠真は構内の柱に寄り掛かっていた体を起こし、大股で駅の改札に向かった。

「俺ちょっと行ってきます」

『え、マジで？　お、俺も行った方がいい……⁉』

圭介のうろたえ振りに小さく笑い、大丈夫です、と返して改札を抜ける。

「いろいろ心配してくれてありがとうございます。またお店に報告に行きますから」

電話の向こうから何か言いたげな雰囲気が漂ってくる。けれど最後は圭介も悠真を止めず、『がんばれ！』と大きな声で言ってくれた。

圭介の励ましに背中を押され、悠真はホームに滑り込んできた電車に飛び乗った。

峰守の家は知らないが、最寄り駅なら以前聞いたことがある。ここからなら三十分とかからない。電話を切ったばかりの携帯電話から、峰守にメッセージを送るべく指先を動かした。

『会いたいです。今から直接会って話せませんか』と短い文面を打ち込んで、でも送信ボタンを押そうとしたところで動きが止まった。

仕事のことについて尋ねたとき、峰守はわかりやすく口を濁した。改めて質問などして煩わしくは思われないだろうか。キスから先に進まないのかどうかも尋ねたいが、そこでお互いの恋愛観が異なっているとわかったら、それきり峰守との仲も終わってしまうかもしれない。

気になる。確かめたい。でもそんな自分の行動を、相手が認めてくれるかどうかわからない。むしろ拒絶される想像ばかりしてしまう。

（……いい子にしていないと）

こんなときに、毎夜母の帰りをまんじりともせず待っていた子供の頃を思い出す。

大人しくしていないと何か取り返しのつかないことが起こってしまうかもしれない。そんな思いに足を引っ張られ、悠真はとかく待ちの態勢を取りがちだ。問題意識を抱えながらも、事態が好転するのをひたすら待ってしまう。結果、恋人と破局したり、会社を去る羽目になったりと、ろくな結末には至らなかった。

今こそ行動に出るべきだとわかっているのにメッセージを送れない。逡巡《しゅんじゅん》を繰り返すうちに電車はどんどん目的地へと近づいてきて、悠真はぎゅっと目をつぶった。

（あぁぁ……もう！　なんで俺はこうも決断ができないんだ！　こんなとき、峰守さんだったら……！）

きっと迷うことなく決断を下せるのだろう、と考えて、はたと悠真は目を開けた。

（……いや、決断できないって前に本人が言ってたな）

あれは峰守が転勤の件を悠真に打ち明けた朝のことだ。大きな仕事を任される不安を悠真の前で素直に吐露して、峰守は自分自身をこう評していた。周りは自分を買い被《かぶ》るところがあるが、実際は決断力もなければ度胸もない、不器用で不愛想なだけの男なのに、と。

半分くらいは謙遜だろうと思っていたが、あれは誇張なしの峰守の自己認識だったのかもしれない。

イメージはその人の外見に引きずられる。それはもうどうしようもないことだ。

でも峰守はあえて自分を取り繕おうとしなかった。好きなものは好きだと言って、苦手なものは正直に申告し、実際より自分を大きく見せようとしない。

まだ転職活動をしていた頃、悠真は峰守に、失敗したらどうする、と尋ねたことがある。

峰守は酔って顔を赤くしながらも、挽回《ばんかい》しろ、と言った。それでも失敗したらもう一度挑戦したらいい。自分はいつもそうしてきた、と。

本人が言う通り、峰守はあまり器用ではないタイプなのだろう。あのとき峰守が口にしたのは、何度も失敗してきた人の実感がこもった言葉だった。

本当に取り返しがつかないのは死んだときくらいだと口にした峰守の横顔を思い出した瞬間、親指が送信ボタンをタップしていた。

メッセージが送られた瞬間、ドッと心臓が跳ね上がって、顔から血の気が引いていくのがわかった。ついにやった、という達成感より、やってしまった、という後悔の方が強い。

この選択は本当に正しかったのかとまたぞろ悩んでいたら、峰守からすぐさま返信があった。あまりの速さに息を呑《の》み、恐る恐る画面を確認する。

『会おう。どこに行けばいい？』

文面を見た瞬間、不覚にも泣いてしまいそうになった。一体どんな用件か尋ねることもしない。会いたいと訴えた悠真に、何を置いても『会おう』と即答してくれる峰守が好きだと思った。

悠真が返事をする前に、続けて峰守から『今仕事が終わって会社を出たところだ』とメッセージが届いた。悠真が乗った電車はゆっくりと減速して、峰守の家の最寄り駅に到着する。悠真は電車から降りると、メッセージを打つ間も惜しく峰守に電話をした。

『――もしもし、悠真君？　どうした、急に』

ワンコールで電話に出た峰守の声には珍しく強い焦りが滲《にじ》んでいて、悠真はたまらなくなって駅の天井を仰いだ。

「俺、今、峰守さんの家の最寄り駅にいるんです」

言ってしまってから、連絡もせず家の最寄り駅に行くなんて気味悪がられるかもしれないと思った。だが実際に来てしまったのだから仕方ない。取り繕わず、悠真は本心を口にする。

「峰守さんに会いたくて、じっとしてられませんでした」

すみません、と呟いた声は少し鼻にかかったものになってしまった。

そうか、と返す峰守の声が揺れている。電話をしながら走っているのかもしれない。

『わかった、すぐ行く。待っててくれ』

なんだかよくわからない理由で半泣きになっている恋人のために走ってくれる峰守に、悠真はますます湿っぽくなった声で「すみません……」と返すことしかできなかった。


峰守との電話を切ってから三十分後、再び峰守からメッセージが来た。

駅に着いた、どこにいる、と簡潔な文面を見て、悠真は辺りを見回した。

悠真がいるのは駅から少し離れたところにある公園だ。中央に設置された小さな噴水を花壇で囲んだ公園は遊具も少なく、どちらかというとだだっ広い広場に近い。

とりあえず、近くにあった看板を見て公園の名前を送る。わかった、と簡潔な答えがあって、ほどなく峰守が公園に駆け込んできた。

公園の隅のベンチにちょこんと座っていた悠真を見つけた峰守は、ひどく心配した顔で悠真に駆け寄り、開口一番「どうした」と息せき切って尋ねてきた。

悠真は峰守を見上げ、はい、あの、と声を出してみるが、すぐに言葉が出てこない。

なかなか話を切り出そうとしない悠真を見下ろし、峰守は息を整えるように深呼吸をすると、自分も悠真の隣に腰を下ろした。

「ずっとここにいたのか？　駅前の喫茶店にでも入っていればよかっただろう。夜はまだ寒いんだ。風邪をひく」

「そ、そうですね、でも、駅前は大きなビルとかホテルが多くて、どこに入ったらいいのか迷ってるうちに、こんな所へ……」

悠真は隣にいる峰守の顔を見ることもできず、スラックスの上から自身の膝を握りしめる。

寒空の下で三十分も過ごしていたら、さすがに頭も冷えてきた。一人で勝手に盛り上がって、仕事終わりの峰守を呼びつけるような真似《まね》をしてしまったことが今更のように恥ずかしい。

あの、と喉に絡まるような声を出し、悠真はそれを咳《せき》払いでごまかした。

「急に連絡してしまって、本当に、すみませんでした」

なんとか峰守の方に顔を向け、ぎこちなく頭を下げる。

峰守は疲れたようにベンチの背凭れに身を預けていたが、悠真に顔を向けると目元に微《かす》かな笑みを浮かべた。

「いや、君の方から会いたいと言ってもらえて、嬉《うれ》しかった」

「……も、申し訳ないです」

「謝らないでくれ。これまでは俺から誘ってばかりだったから、本当に嬉しかったんだ」

言葉が少なく不愛想なようでいて、こういうフォローが峰守は上手い。表情が乏しいくせに、眉と唇の微かな動きで心底嬉しそうな顔をするものだから、悠真はたまらず両手で顔を覆った。

「……本当にすみません。俺ずっと、峰守さんのことを疑ってて……」

「う、疑う？」

穏やかでない言葉が出てきたことに驚いたのか、峰守が身を乗り出してきた。

悠真は両手で顔を覆ったまま、これまで胸に隠していた不安を切々と訴える。

「峰守さん、仕事のこととか教えてくれないし、家にも上げてくれないし、せ、せっかく恋人同士になったのに、キスから先に進まないし……」

さすがに後半は声が小さくなった。自分ばかり求めているようで恥ずかしい。

本心を打ち明けるのは怖かったけれど、打ち明けずに胸の中にため込んでいたら、今回のように明後日《あさって》の方向に想像を膨らませてよくない自己完結をしてしまいかねない。

嫌われることを心配するあまり、峰守との距離が開いてしまうのは嫌だと思った。だから悠真は、羞恥やばつの悪さを胸の中から蹴り出して続ける。

「……もしかして、二股をかけられているんじゃないかと疑ってしまいました」

「二股」

「転勤の件も、体よく俺から離れる嘘《うそ》じゃないかと……。恋愛詐欺の可能性も、若干……」

「詐欺」

呆然《ぼうぜん》とした声で繰り返されて、いよいよ居た堪《たま》れない気分になった。身に覚えがない、と言いたげなその声を聞いただけでもう、自分が見当違いな心配ばかりしていたのだと突きつけられた気分だ。

「さ、最初から気になることはちゃんと訊けばよかったんですけど、あんまり詮索すると嫌われるんじゃないかとか、そんなことが心配で……」

耳まで赤くしてぼそぼそ喋《しゃべ》っていたら、ふいに峰守が大きな溜息をついた。悠真はびくっと肩を跳ね上がらせ、指の隙間からおずおずと峰守の様子を窺《うかが》う。

峰守はベンチに凭れ、脱力したように夜空を仰いでいた。

「……す、すみません、失礼なことばかり」

顔半分を覆う手を下ろすことも忘れて悠真は謝罪を繰り返したが、峰守から返ってきたのは苦さを含んだ「謝らないでくれ」という言葉だった。

「その件に関しては、全面的に俺が悪い。不可解な行動をして君に不要な不安を抱かせた」

峰守自身、自分が不自然な言動をしていた自覚はあったらしい。

「……ただ、二股や詐欺を疑われているとは思わなかった」

「す、す、すみません」

「俺はこんな悪人顔だからな。疑いたくなる気持ちはわかる」

「か……っ、顔と性格が違うことはもう十分理解してますから！」

言ってから、これはフォローになっているのだろうかと不安になった。これでは峰守が悪人顔だと認めたも同然だ。

そっと両手で口を覆った悠真を見て、峰守が微かな笑みをこぼす。

「とりあえず、まずは君の不安を解消するか」

言うが早いか立ち上がり、おいで、というように峰守が悠真を手招きする。

「どこに行くんですか？」

ベンチから腰を浮かせながら尋ねると、すでに歩き出していた峰守が振り返って言った。

「もちろん、俺の家に」


公園からいったん駅に戻り、そこからさらに歩くこと十分弱。

「ここだ」と言って峰守が足を止めたとき、悠真は、どこだ？　と辺りを見回した。

周囲には背の高いビルがずらりと並んでいる。ビルでないならホテルだろうか。判断がつかないうちに、峰守はすたすたと近くの高層建築物の中に入っていった。

おろおろしながらも峰守を追いかけ、通行人の視線を遮るように植えられた緑の垣根を抜け奥に入っていくと、それこそホテルのような広いエントランスに出迎えられた。落ち着いたオレンジ色のライトに照らされたエントランスは静まり返り、壁に絵画などがかけられていて、一瞬美術館に迷い込んだような気分になった。

本当にこんな所に人が住んでいるのかとうろたえながらも、峰守に続いてエレベーターに乗り込む。エレベーターの操作盤を見ると、地下二階から地上十二階までボタンがあって、やはりここはホテルか何かでは、と首を傾《かし》げそうになった。悠真の住むアパートなんて二階建てで六部屋しかないというのに、この建物にはどれだけの人間が暮らしているのだろう。

峰守は十階でエレベーターを降り、廊下を進んで突き当りの部屋の鍵を開ける。人感センサーでもついているのかドアを開けると自動的に明かりがついて感動したが、峰守の肩越しに室内の様子を見たらそんなことに驚いている余裕など吹っ飛んだ。

無自覚に、広い、と口に出して呟いていた。もうすでに玄関からして広い。悠真と峰守が一緒に三和土《たたき》に上がってもなお余裕がある。何より、玄関脇の収納スペースが大きかった。天井まで届くシューズボックスは中央部分が飾り棚になっており、壁にライトまで設置されている。

（な、何足入るんだろう、この靴箱……。目いっぱい使えば、百足いくか？）

まだ靴も脱がぬうちから圧倒され、峰守に導かれるまま及び腰で廊下を進んだ悠真は、リビングダイニングを見て腰を抜かしそうになった。

「広い！」

今度はもう、声を抑えることもできず大声で叫んでいた。

アイランド式キッチンを備えたリビングダイニングにはソファーとテレビとローテーブルくらいしか物がなく、いっそがらんとして見えるほどに広かった。大きな窓からは夜景が見える。これまでの人生で悠真が宿泊してきたどんなホテルを振り返っても、こんなに見晴らしのいい部屋はない。悠真は唇を戦慄《わなな》かせ、隣に立つ峰守に尋ねた。

「こ……っ、この部屋、何畳くらいあるんですか？」

「……二十五畳、だったと思う」

「二十五……！」

悠真の部屋は八畳だ。都内のアパートにしてはちょっと広い方だと思っていたが、二十五畳の前では冗談でも広いなんて言えない。むしろあんな部屋に峰守を招いたことを思い出して恥ずかしくなった。

「こ、この部屋の他にも……何室かあるんですか？」

「ベッドルームと客間がある。客間はほとんど使っていないから物置に近いが」

リビングダイニングの片隅にテントを張れば悠真一人くらい十分暮らせそうな広さなのに、さらに二間もあるのかと愕然《がくぜん》とした。

（こんな部屋、家賃はいくらなんだろう……）

十万や二十万ではおそらく済むまい。こんな部屋に住んでいるなんて、峰守はどんな仕事をしているのか。本当に裏稼業を営んでいる可能性も……などと動揺していると、峰守が急にカバンを足元に置いて、ジャケットの内ポケットから革の名刺ケースを取り出した。

「……これを見たら、君の疑問も諸々《もろもろ》解消するんじゃないかと思う」

峰守が綺麗《きれい》な所作で名刺を差し出してくる。両手で受け取ったそれには、峰守の名が印刷されていた。横書きの名刺は、名前の上に会社名も明記されている。

「……峰守情報システム株式会社」

目に触れたものを機械的に読み上げ、悠真はふっと口を閉じた。

まさか、と顔を上げると、峰守が居心地の悪そうな顔でこちらを見ていた。

「あの、これ、会社の名前、峰守って……」

つまり？　と首を傾げる悠真を見下ろし、峰守は観念したように目を閉じた。

「……俺の祖父が興して、今は父が経営している会社だ」

「峰守さんの、お父さんが……？」

経営している、ということは、社長か。峰守の父親が、株式上場会社の社長。祖父の代から続くということは、いずれ峰守もその後を継ぐということだろうか。御曹司、次期社長という言葉が頭を巡る。

だとすれば、峰守がこんな高級マンションに住んでいるのも納得だ。あまりにも住む世界が違うと気が遠くなりかけたが、ぎりぎりのところで気持ちを立て直してさらに尋ねる。

「な、なんで隠してたんです？　仕事のこと訊いたら、会社員とかＩＴ企業とかふわふわしたことしか教えてくれないから、後ろ暗いところでもあるのかと……。それに、家が散らかってるから呼べないって前に言ってたけど、全然散らかってないじゃないですか！」

「それは――……」

初めて悠真に仕事のことを尋ねられたときと同じく、峰守は苦しそうな表情で言葉を濁したものの、最後は迷いを振り切るように頭を振って真正面から悠真の顔を見返した。

「最初に言っておくが、俺は会社に入るとき、きちんと入社試験を受けた。社長の息子だからといって無条件に入社したわけじゃない」

「え、あ、そうなんですか……？」

唐突な話題転換についていけず、悠真の語尾はあやふやなものになる。峰守の言葉が信じられなかったわけではなく、単に峰守が何を言おうとしているのか理解できなかっただけなのだが、きょとんとする悠真を見下ろした峰守は諦めたように肩を落とした。

「……と言っても、信用しない相手の方が多い。どうせ親のコネで入社したんだろうと」

君だってそうだろう、と続きそうな峰守の顔を見て、ようやくぴんときた。

「そういう勘違いをされたくなくて勤務先を伏せてたってことですか？」

そんなことで？　と疑わしく思ったが、峰守は苦痛に耐えるように顔を歪《ゆが》めて頷《うなず》いた。

「……君に、無能なボンボンだと思われたくなかったんだ」

悠真が思ってもいなかった言葉を口にして、峰守は悠真から視線を逸《そ》らした。

「この部屋を見せるのも、気恥ずかしくて……」

「な、何が恥ずかしいんですか、こんな高級マンションなのに」

「だって見ればわかるだろう。こんな部屋の家賃、俺の給料で払えるわけがない」

確かに、一介のサラリーマンがこんな高級マンションに住むのは難しいだろう。ということは、と悠真は顔を強張《こわば》らせた。

「……会社の他に、言うに憚《はばか》るような副業をしている、とか？」

「違う。……君、放っておくとどうしても明後日の方向に想像が働くんだな」

一度は逸らした視線を再び悠真に戻し、峰守は毒気を抜かれたように笑った。

「ここは親が買った部屋だ。会社から近かったから、今は俺が使わせてもらってる。一応親に家賃は払っているが、実際の家賃には遠く及ばない微々たるものだ」

「なるほど、そういう……。でもそれ、何か恥ずかしいことですか？」

「親の買ったマンションに住んでいるなんて、自立できていないようで情けない」

峰守は至って真面目な顔だが、悠真は素直に同意できない。きちんと親に家賃を支払っているなんてむしろ律儀だ。もしも悠真が逆の立場なら、親に家賃を払うという概念すら浮かばないに違いない。

釈然としない顔をする悠真を見下ろし、峰守は困ったように眉を下げる。

「君の前で、少しでも格好をつけていたかったんだ。そんな理由で君を不安にさせてしまって、本当にすまなかった」

峰守の両手が伸びてきて、悠真の頬を左右から挟んだ。峰守が迎えに来てくれるまで長く夜風に晒《さら》されていた頬は冷え切っていて、大きな掌《てのひら》からゆっくりと峰守の体温がしみ込んでくる。

身を屈《かが》めてこちらを覗《のぞ》き込んでくる峰守と目が合うと、たちまちのぼせたように首から上が熱くなった。

「そ、そんなの全然、格好悪くないいし、格好つけなくても、峰守さんは格好いいです」

脳まで茹《ゆ》だってしまったのか、唇からつるつると本音が滑り出てしまう。峰守は面映《おもは》ゆそうな顔で「だったら嬉しいけれど」と言って、親指の腹でゆっくりと悠真の目の下を撫《な》でた。

たったこれしきの接触で膝から崩れ落ちそうで、悠真は縋《すが》りつくように峰守の手を摑《つか》んだ。

「俺こそ格好つかないです……。峰守さんのこと疑って、勝手に押しかけて、峰守さんがキス以上のことしてくれないから、不安で仕方なかった」

「それは――」

「いや、でも！　プラトニックな関係でも俺は全然いいので！　ただ、峰守さんがどういう態度で恋愛に臨んでいるのか確認したかっただけで――」

そんな価値観の相違で別れ話になるくらいならいくらだって自分が折れる。そう伝えようとした悠真だったが、途中で峰守に口をふさがれた。

「……っ、ん……っ」

両手で頬を挟まれたまま、柔らかな唇で言葉を奪われる。喋っている最中で薄く開いていた唇に峰守の舌が押し入ってきて、口の中に残っていた言葉の名残まで搦《から》め捕られた。顔を背けようにも両手でがっちりと顔を固定されているので動けない。逃げる舌を追いかけられて、捕まった端から甘く噛まれる。これまでとは違う、噛みつくような荒っぽいキスに驚いて、でもそれ以上に陶然となった。

さんざん舌を絡ませ、唇が離れる頃には互いに軽く息が乱れていた。

至近距離から見た峰守の目は隠しようもない欲望を滲ませていて、悠真の背筋が期待で粟立《あわだ》った。それをごまかすように、悠真は峰守の腕を何度も叩《たた》く。

「そんな顔するくらいなら、どうしてホテルにでもなんでも連れ込んでくれなかったんですか！　告白した後も何度かデートに行ったのに！」

「それは、新しい職場で君が大変そうだったから……」

ぽかぽかと悠真に腕を叩かれても、峰守は悠真の頬を包んで離さない。大事なものを手の中に包み込むような格好のまま、悠真の額に自分の額をコツリとぶつけてくる。頭突きというにはあまりにも優しい仕草だったが、悠真も峰守の腕を叩く手を止めた。

「それに、転勤を理由に事を急ぐのは避けたかった。しばらく会えなくなるから抱かせてくれ、なんて、まるで脅しみたいじゃないか。ただでさえ俺が言うと冗談も強迫と受け取られかねないのに」

確かに悠真も初めて峰守に声をかけられたときは、なんの脅しかと動転した。当時のことを思い出して小さく噴き出したら、笑い事じゃない、と峰守に眉を寄せられた。

「それに俺は、恋人とのやり取りが重くなりがちらしいし」

「重いですか……？　そんなふうに思ったことはないですが……」

「君とつき合うようになってからは気をつけていたからな」

過去の失敗例として峰守は、交際早々に恋人に「自分たちの関係を家族に報告に行く予定は？」と真顔で尋ね、いきなり別れ話に発展しかけたことを話してくれた。

それは、と悠真は顔を引きつらせる。

「お、お互いのことを真剣に考えてくれているのは伝わりますが、ちょっと重い、ですかね」

自分も同じことを言われたらどうしよう。祖父母と母親に自分の性的指向を打ち明けるところから始めなければいけないのか、と遠くを見るような目をしていたら、慌てたように峰守が言葉を添えてきた。

「別に大っぴらにカミングアウトしたいわけでも、相手にさせたいわけでもない。相手が家族に自分の性的指向を明かしているのか、今後明かす予定があるのかどうか事前に知っておきたかっただけで、相手の家に押しかけようとしたわけじゃない」

単に言葉が足りなかっただけらしいが、当時の恋人は肝を冷やしたことだろう。周囲にカミングアウトをしていなければなおさらだ。会話の内容に関係なく、峰守の声のトーンはいつでも重い。表情は深刻で、断ることは困難そうだと相手は判断したのかもしれない。

「君にキス以上のことをしなかったのも、そういう不安があったからで……後から『本当はあのときそんな気分じゃなかったのに、怖い顔をされたから断り切れなかった』なんて泣かれても、土下座で謝ることしかできない。だから、実は……君から誘われるのを待っていた」

ならば、お互い待ちの態勢だったということか。それは話が先に進まないはずだ。

「それに君、俺に『これまで誰ともつき合ったことがない』って言っただろう？　性急にそういう行為を求められるのが嫌で予防線を張ったのかもしれないと思ったら、ますます手を出しにくくて……」

それに関しては悠真の自業自得だ。すみません、と力ない声で謝ると、峰守からも、こちらこそ申し訳ない、という弱々しい声が返ってきた。お互いに情けない謝罪をして視線を合わせ、どちらからともなくふっと笑みをこぼす。

「こんなことなら、もっと早く峰守さんを問い詰めておけばよかったです」

背伸びをして峰守の頰にキスをすると、峰守がくすぐったそうに肩を竦《すく》めた。

「二股でも詐欺でもなくて、よかったです。峰守さん、遠距離恋愛になるっていうのに全然不安そうなそぶりも見せなかったので……」

「不安だった。せっかく君から告白してもらったのに、転勤のことを切り出したら距離を理由に振られるんじゃないかとも思った」

左右から悠真の頬を包んでいた手が離れ、代わりに強く抱き寄せられた。

峰守の体は大きくて、小柄な悠真の体をすっぽりと包み込んでしまう。こんなに収まりがいいのかと驚くくらいこの腕の中は心地がいいのに、あと少ししたら峰守は遠く離れた街に行ってしまう。今更のようにそんなことを実感したら、鼻の奥にツンとした痛みが走った。

「……三年って長いですね」

「そうだな。長すぎる。だからなんとしても、二年で帰るつもりだ」

「え、でも……」

そんなことが可能なのかと目を瞬《しばた》かせると、峰守が悠真の髪に鼻先を埋《うず》めてきた。

「支社の業績が安定するまでは帰って来るなと上司から言われているが、正確な期限は定められていない。だから本社の人間を黙らせるだけの成果を出して、現地の人間も育て上げて、二年で本社に戻る気でいる」

覚悟を決めたような低い声で言って、峰守は悠真を抱きしめる腕に力を込めた。

「……俺に支社への転勤を強く勧めてきた人間は、揃《そろ》って俺の後ろに父の姿を透かし見た。俺は自分で思う以上に、父と面立ちが似ているようだから」

峰守の胸に顔を埋め、あ、と悠真は目を見開く。これまで耳にしてきた峰守の言葉が、今になってようやくつながったからだ。

以前峰守は、父親に似ているからと期待されるのは苦しいと言い、みんなこの見た目に妙な幻想を抱いているのではないかと言っていた。

あのときは峰守の父親がどんな人物かわかっていなかったのであまり深刻に捉えていなかったが、峰守の父は一企業の社長なのだ。そんな相手とたびたび比較されては、峰守もたまったものではないだろう。

「俺と父の性格はまるで違うし、自分に父のような仕事ができるとも思えない。だから支社に行くと決めた後も気は重かった。父と同じような成果を俺に期待した人間は、少なからず落胆するだろうから」

悠真は峰守の背中に腕を伸ばしてその体を抱きしめる。何か気の利いた言葉の一つもかけたかったが、峰守と自分とではあまりに境遇が違いすぎて上手い言葉が思いつかない。言葉もなく峰守を抱きしめていると、峰守の胸が小さく震えた。硬かった声に笑いが滲む。

「でも君は、父のことなんて何も知らないのに力強く俺の背中を押してくれて、それが嬉しかった。父に似ている顔ではなくて、とっつきにくい俺の顔が、支社の人間に舐《な》められないために必要とされているんだと言ってくれたのも」

峰守の腕の中で悠真は耳の端を赤くする。何もわかっていなかったとはいえ、随分と的外れな励まし方をしてしまったものだ。

だが峰守は本気で悠真の言葉に勇気づけられたようで、さらに強く悠真を抱きしめてきた。

「だから、三年といわず二年で帰ってこようと思う。君のそばにいたい」

囁《ささや》くような声で言われ、悠真は峰守のジャケットの背中をぎゅっと握りしめた。峰守の胸に鼻先をこすりつけ、背伸びをして峰守の顋先にキスをする。

転勤の話を打ち明けられた直後より、今が一番、峰守に行ってほしくないと思った。でもそんなことは口が裂けても言えない。峰守が前に進もうとしているのに引き留められない。好きだった仕事にもう一度携わる勇気を峰守が悠真にくれたように、悠真も峰守の背中を押さなくては。新しい環境で、峰守は思いもしなかった自分に出会うかもしれないのだから。

本音が口から転がり出てこないように峰守の顋や頰にキスを繰り返していると、峰守が深く身を屈めて悠真の唇にキスを仕掛けてきた。

「ん……っ」

唇を舐められ、緩んだそこに熱い舌が忍び込む。しっかり背中を抱き寄せられ、峰守の胸に凭れかかってキスを受け止めた。

やっぱり峰守はキスが上手い。悠真が懸命に舌を動かしてみても、すぐに峰守の分厚い舌に捕らわれ、噛まれ、甘く吸い上げられて、太刀打ちできなくなってしまう。膝の力が抜けてしまっても峰守が支えてくれると思えば、見る間に体が芯から緩んだ。

唇が離れ、悠真はとろりと瞼《まぶた》を上げる。

鼻先がぶつかるほどの至近距離に顔を寄せたまま、峰守が吐息を含ませた声で囁いた。

「……支社に行く前に一線を超えてしまったら、君が恋しくて毎週でもこちらに戻ってきてしまいそうで、それも怖かった」

何か言い返す前に掠《かす》めるようなキスをされ、悠真はぐっと唇を噛む。そんなのこちらのセリフだ。切ない目でこちらを見詰めてくる峰守を見ていると、やっぱり転勤なんて断ってください、と言いたくなってしまって、無理やり本音を呑み込んだ。

「我儘《わがまま》、一つ言ってもいいですか……？」

なんだとばかり、峰守がますます身を屈めてくる。

いつもの悠真なら、好きな相手に我儘を言うことにひどく躊躇《ちゅうちょ》する。嫌われはしないかと不安にもなる。だが、最大の我儘はたった今呑み込んだのだ。これくらいは許してほしいと峰守に耳打ちした。

「大阪から、毎日電話してください。俺からもしますから」

峰守が軽く目を見開いた。それを見た瞬間、やっぱり毎日は大変だったかと怖気《おじけ》づく。

「や、やっぱり週に三回くらいくれたら、それで……」

「いや、毎日連絡する。したい。していいのか？」

思いがけず食い気味に確認されて、悠真は目を丸くした。

「いいんですか？　前に毎日電話するか訊いたときは乗り気じゃなさそうだったのに……」

「違う、君がどこまで本気で言っているのかわからなかったから確約をしなかっただけだ。俺は毎日と言ったら本当に毎日電話をする。誇張はない。でも君はこれからどんどん仕事が忙しくなるだろうし、電話に出られないこともあるだろう。約束を守れなかったと心苦しい思いをさせるくらいならと思ってああいう答え方をしただけで、隙あらばこちらから頻々と電話をするつもりではいた」

いつになく口早にまくし立てられて唖然《あぜん》としていると、峰守にぐいっと顔を近づけられた。

「俺は重いぞ。本当に毎日連絡するがいいのか？」

峰守の顔は真剣だ。恋愛に対してもっと淡白なタイプかと思っていたが、案外そうでもないのだろうか。

峰守に対して抱いていたイメージがまたゆっくりと崩れ、再構築されていく。

人のイメージに、それほど強固なものなどないのかもしれない。間近でつぶさに見ていれば、日一日とイメージは壊れ、また新しく作り替えられていく。

悠真は唇を緩め、峰守の頬に指を這《は》わせる。想像と違ったと幻滅するより、新しい顔が見られて嬉しいと思うこともあるらしい。

「電話してください。同じ都内に住んでいる今よりも頻繁に声が聞けるくらい」

軽く見開かれた峰守の目が、次の瞬間きゅっと細くなった。あまりに互いの顔が近いので目元しか見えないが、きっと心底嬉しそうな満面の笑みを浮かべているのだろう。

素の自分を見せても、きっと峰守は幻滅しないでいてくれる。そんな確信がふいに胸の中に根を張って、悠真は峰守の首に両腕を回すと、飛びつくような勢いでその唇にキスをした。

ひとしきりじゃれ合って気持ちも少し落ち着いた頃、「泊まっていくか？」と峰守に訊かれた。

峰守が支社へ行ってしまうまでもう何日もない。そうでなくとも、長らくお預けを食らって焦《じ》らされていた気分だったのだ。前のめりで頷いてしまってから、もう少し恥じらった方がよかっただろうかと峰守の顔を窺い見たが、峰守が嬉しそうな顔を隠しもせず額にキスをしてくれたので、いよいよ余計なことを気にするのはやめることにした。

お互い夕食もとっていなかったので、近くのコンビニで簡単な夜食と悠真の着替えを買いにいった。酒も買うかと峰守に訊かれたが、まさかと首を横に振る。酒は好きだが、こと峰守との関係においては何度酒に邪魔をされたかわからない。

マンションに戻った後は気もそぞろに食事を済ませ、勧められるままシャワーを浴びた。峰守の部屋の風呂場は広く、洗い場など悠真のアパートのそれより三倍は大きかったが、感動している だけの余裕もない。

我ながら烏《からす》の行水になってしまったと思ったが、入れ替わりに風呂に入った峰守はもっと早い。五分もかからなかったのではと目を丸くしていたら、「待ちきれなかった」と真顔で言われてしまい、笑いながら峰守と手をつないでベッドルームへ向かった。

「うわ、ここも広いですね」

部屋の中央にキングサイズのベッドが置かれたベッドルームは十畳ほどだろうか。入って正面に大きな窓があり、左手の壁にウォークインクローゼットがある。

きょろきょろと室内を見回しているうちに背後でドアが閉まり、両肩に峰守の手が置かれた。まだベッドにも辿《たど》り着いていないのに後ろから頬にキスをされ、くすぐったさに肩を竦めた。峰守から借りた全くサイズの合っていないトレーナーの肩がずるりと落ちて、剝き出しになった首のつけ根にもキスをされる。

いざそういう雰囲気になってみると峰守は悠真にべったりだ。ベッドまであと数歩しかないのに、悠真の腰に腕を回して飽きず頬や首筋にキスを繰り返し、なかなか前に進まない。

ようやくベッドに上がると、ヘッドボードに背中を預けるようにして座る峰守の腿《もも》を跨《また》いで膝立ちになった。峰守の肩に手を置くと、こちらを見上げる顔に悠真の影が落ちる。

「いつもとは目線が逆ですね」

「そうだな、君の顔を下から見上げるのも新鮮だ」

目を細めた峰守が頬に触れてきて、軽く引き寄せられる。悠真も身を屈め、誘われるまま峰守の唇にキスをした。

この体勢なら少しくらい峰守を翻弄できるのでは、と期待したが、上になろうと下になろうとキスの主導権は変わらないらしい。大きな舌でざらりと口の中を舐められ、かき回されて、あっという間に腰が落ちてしまいそうになる。

早々に息を弾ませていると、背中や腰に峰守が手を這わせてきた。布の上からでも掌の熱さが伝わってくる。性感帯に触れられているわけでもないのに、背骨を一つ一つ撫で下ろすように指を動かされて背中が緩く反った。腰を撫でる手つきがやけにいやらしくて、合わせた唇の隙間から切れ切れの声が漏れる。

「ん……っ、ふ……ぁ……っ」

大きな手で尻を揉《も》みしだかれて、いよいよ重なっていた唇がずれてしまった。峰守の肩に手をついてなんとか体を支え、息を乱して峰守を見下ろす。

「……峰守さん、触り方がいやらしいんですが」

「いやらしいことをしているからな」

尾骶骨《びていこつ》の先を探るように指を動かされ、腰骨から背骨に震えが走った。

「お、俺も、峰守さんに触りたいんですけど……」

悠真と同じようなスウェットの上下を着ている峰守の、首筋をそろりと撫で下ろす。

微かに笑ってスウェットを脱ぎ始めた峰守を見て、うわぁ、と悠真は感嘆の声を上げた。峰守の胸は広い上に厚みがあって、肩回りから腕もがっちりとした筋肉がついている。

「ジ……ジムとか行ってるんですか？」

「健康維持のために、たまに。君も脱いでくれ」

ストイックに鍛えていることを窺わせる体を見せられて気後れしているうちに、手際よくトレーナーを脱がされてしまった。薄っぺらな体をごまかそうと無駄に腕を動かしていると、今度は下着と一緒にズボンまで脱がされてしまう。

「うわ、ちょっと……！」

「どうせ脱ぐんだ、いいだろう」

「だったら峰守さんも脱いでくださいよ！」

気恥ずかしさからそう口走ると、峰守は「わかった」と言って、頓着なく自分が着ていた服をすべて脱いでしまった。

再び悠真を自分の膝に乗せ、峰守が正面から悠真を抱きしめてくる。大きな体に抱き込まれると、互いの体温が溶けあっていくようで心地いい。

熱い掌で背中を撫で下ろされ、肩先にキスをされて、悠真の唇が戦慄いた。全身で峰守の体温を感じながらだと、肌に手を滑らされるだけで背骨が溶けてしまいそうになる。

悠真も手を伸ばして峰守の背に触れてみた。固い背中に指を這わせると、肩口で峰守が小さく息を吐いた。抱き寄せてくる腕に力がこもって、肩に軽く歯を立てられる。

「あ……っ」

身じろぎしたら、峰守の固い腹筋に下腹部が触れた。直接触れられてもいないのに、悠真のそこはすでに緩く形を変えている。

峰守はどうなっているのだろう。悠真はおずおずと顔を上げ、峰守の胸から腹へ指を滑らせた。

「さ、触っても……?」

峰守の臍《へそ》から、さらに下へと指を動かす。こちらを見下ろし、もちろん、と答えた峰守の声が少しだけ掠れていてドキドキした。

下生えをかき分け、指先で触れたそれはすでに硬くなっていて、興奮しているのは自分ばかりではないのだとほっとした。掌で柔らかく握り込んで上下に扱《しご》くと、峰守が軽く息を詰める。手の中のものもぐっと硬度を増し、悠真はごくりと喉を鳴らした。見上げた峰守は小さく眉を寄せていて、何かに耐えるような表情から目を逸らせない。

ふらふらと首を伸ばして峰守に顔を近づけると、嚙みつくようなキスをされた。余裕なく舌を吸い上げられ、鼻にかかった声が出る。

キスをしながら夢中で峰守の雄を扱いていたら、峰守も悠真の下肢に触れてきて腰が跳ねた。

「あ……っ、は……ぁ、や……っ」

硬い掌に包まれたと思ったら容赦なく上下に扱かれる。強い快感から逃げようと上体を後ろに反らすが、逃がすまいと峰守が腰を抱き寄せてきて、再び唇をふさがれた。

「ん、ん……っ、や、ぅ……っ」

抗議の声はキスに呑まれて言葉にならない。快感で指の先まで痺《しび》れたようになってしまい、峰守の屹立《きつりつ》を握る手から力が抜ける。すぐさま峰守が自分と悠真の屹立をまとめて摑んできて、指先とは違う弾力のある感触に夢中になった。

峰守に唇をふさがれたまま、悠真は睫毛《まつげ》の先を震わせる。先走りが峰守の掌を濡《ぬ》らして、ぬるついた感触に何度も腰が跳ねた。あっという間に限界が近づいてきたが制止の言葉はキスで吸い上げられ、悠真は固く目をつぶったまま、峰守の腕の中で身を震わせて吐精した。

悠真の反応に気づいたのか峰守の手が止まり、ゆっくりと顔を覗き込まれる。

悠真は背中を支えてくれる峰守の腕に体重を預け、肩で息をして言葉もない。無言で峰守に涙目を向けると、ぼんやりと滲んだ視界の中、峰守がとろりと目尻を下げた。

「顔が真っ赤だ。酒を飲んだときだってほとんど赤くならなかったのに」

悠真は何か言い返そうとするが舌が回らない。本当に酔って呂律《ろれつ》が回っていない人のようだ。抱き寄せられ、峰守の胸に凭れかかると、快感の余韻が爪先にまで広がっていく。

「峰守さん……口当たりのいい酒みたいで、質《たち》が悪い、です……」

乱れた息の下から呟くと、峰守が胸を震わせて笑った。心地よい振動に目を閉じかけたが、峰守が枕の下からローションを取り出したのを見て目を見開く。

「それ、普段から枕の下に入れてるんですか？」

「まさか。君がシャワーを浴びている間に準備した」

薄暗い部屋で枕の下にローションやゴムを仕込む峰守の姿を想像して、ふふ、と悠真は笑みをこぼした。

「やる気満々じゃないですか」

「君は違ったか」

違わないですけど、と笑いながら答えたところで、腰を摑まれ引き上げられた。

悠真は再び膝立ちになって、峰守の肩に手を置く格好になる。

「……続きをしても？」

見下ろした峰守の顔から、徐々に余裕が薄れつつある。よく見ると峰守はまだ達していない。

返事の代わりにキスを返すと、薄暗い寝室に峰守がローションの蓋を開ける音が響いた。

「ん……っ、ぁ……っ」

ローションをまとった指が窄《すぼ》まりに触れ、悠真の肩がぴくりと跳ねる。峰守は悠真の唇をふさぎきらぬよう、触れるだけのキスを繰り返してゆっくりと隘路《あいろ》に指を埋めた。

節の高い指がずるずると中に入ってくる。久々の感覚だ。でも痛みはない。たっぷりとローションを使っているおかげで、峰守の長い指も難なくつけ根まで吞み込んでいく。

「あ、ぁ……ぁ……っ」

緩慢に抜き差しされて、内側がきゅうっと峰守の指を締めつけた。中で軽く指を曲げられ、峰守の肩を摑む指先に力がこもる。

「痛むか」

唇の先で問われて首を横に振った。それよりもうずうずと中が落ち着かず、奥を突かれるたびに甘い声が漏れてしまう。無理にはそれを隠さずにいると、中を探る指が二本に増えた。

「あっ、あっ、ん……っ」

両目を閉じ、波のように押し寄せる快感に身を委ねていたら、峰守に軽く唇を噛まれた。瞼を上げれば、額に薄く汗を浮かべた峰守がじっとこちらを見ている。

目が合った瞬間、中にある峰守の指を締めつけてしまって声が裏返った。指の腹で内壁をこすられると腰が落ちそうだ。一度達した筈《はず》なのに、もう腰骨の奥に重たい熱が溜まり始めていて、悠真は峰守の肩をきつく握りしめた。

「み、峰守さん……っ、もう、いいですから……」

上ずった声で訴えると、峰守が悠真の喉元に唇を滑らせてきた。

「まだ早いんじゃないか?」

「いや、も、もう……っ、ん……っ」

喋りながら指を抜き差しされて喉が震えた。もう十分気持ちがいいし、腰が砕けそうだ。

峰守がこちらの体を気遣ってくれているのはわかるのだが、意地悪く焦らされているような気分だった。こうしてベッドに上がるまでに数か月を要しているのだ。もうこれ以上焦らしてくれるなと、悠真は峰守の頭を掻《か》き抱いた。

「は……っ、早く……！」

切羽詰まった悠真の声に気づいたのか、峰守がゆっくりと指を引き抜いた。首に悠真を抱きつかせたまま体勢を入れ替え、あっという間に悠真の背中がシーツにつく。

悠真の顔の横に手をついてこちらを覗き込んでくる峰守の目はぎらぎらしていて、心臓がピンポールのように跳ね上がった。悠真の内腿に手を添えた峰守が身を倒してきて、キスを受け止めながら自ら大きく脚を開く。

峰守の首に腕を回し、早く早くと吐息の混じり合う距離で繰り返した。峰守がゴムをつけるのも待ちきれず、逞《たくま》しい腰を腿で挟んで催促すると、ふっと峰守に笑われる。

「意外とがっついてくるんだな」

悠真はぴくりと爪先を震わせ、ぎこちなく峰守の首にしがみついていた腕を緩めた。

はしたないと思われただろうか。無骨に見えて、峰守は案外上品なところがある。こんなにあけすけに欲しがるような態度を取るべきではなかったかもしれない。もう少し恥じらいを残した方がよかったか、などと反省していたら、峰守に耳朶《じだ》を噛まれた。

「何を考えてる？」

耳元で囁かれて息を呑んだ。ベッドの上で聞く峰守の声は低く掠れて、いつも以上に艶がある。ぼんやり聞き惚《ほ》れていると再び耳に歯を立てられて、悠真は慌てて口を開いた。

「がっつきすぎて……引かれないよう注意しよう、と」

「どうしてそうなる。もっとがっついてくれ」

嬉しいんだ、と峰守は悠真の耳に唇を触れさせたまま囁いた。

「手加減しなくていいんだろう？」

蜜を煮詰めたような甘い声で囁かれ、首裏の産毛が逆立った。至近距離で目が合い、熱を孕《はら》んだ視線に縫い留められる。動けずにいると、窄まりに硬い屹立を押しつけられた。

張り出した亀頭が狭い場所を潜り抜けてきて、悠真は後頭部をシーツに押しつけた。

「あっ、あ……っ、あぁっ、ひ……っ！」

一息に奥まで呑み込まされて、内側がきつく峰守を締めつける。目の前が白く爆《は》ぜ、息が引きつれて、入れられただけで射精を伴わない絶頂に押し上げられた。

一瞬意識が遠のきかけたが、峰守が緩慢に腰を揺すってきて現実に引き戻される。

「あっ、あっ、や、やだ……待って、ま……っ、あぁ……っ！」

達したばかりで過敏になっている体を揺さぶられ、悠真は涙交じりの声を上げた。特別感じる弱い場所を先端で押し上げられると、電気が走るような鋭い快感が走って爪先が丸まった。

溺れる者の必死さで峰守の背中に爪を立てたが、峰守は一向に悠真を突き上げる動きを止めようとしない。それどころか、悠真の顔を覗き込んで目を細める。

「さっきはあんなに急《せ》かしておいて、今度は待てか？」

「あっ、だ、だって、本当に……っ、今は、待って……！」

涙声で訴える悠真の唇を、峰守がちらりと舐めた。思わず言葉を切った悠真を見下ろし、楽しげに目を細める。

「君はいろいろな手管を持ってるんだな。急かされたり、焦らされたり……興奮する」

しっかりと腰を掴み直され、心臓が内側から激しく胸を叩き始めた。違う、と首を振る間もなく力強く腰を打ちつけられ、悠真の口から悲鳴じみた声が上がった。衝撃に耐えきれず、目の前にある峰守の大きな体にしがみつく。

「ひっ、あっ、あぁ、や、やだ……っ、や、あぁ……っ」

必死で峰守に縋《すが》りついていると、痛いくらい強く抱き返された。ベッドが軋《きし》むほど激しく突き上げられ、貪るようなキスをされ、また頭の芯がとろりと蕩《とろ》けていく。

「ん、ん……んん——……っ」

キスをしたまま深々と貫かれ、悠真は全身を震わせる。峰守は悠真をキスから解放すると、息も絶え絶えに自分を見上げてくる悠真を見て、濡れた唇を弓なりにした。

「そうやって、いつまでも俺を翻弄してくれ」

翻弄されているのはこちらの方だと思ったが、屹立を深く呑み込まされたまま緩慢に揺すり上げられて言葉が飛んだ。

「あ、あ……っ、あぁ……っ」

だんだんと峰守の動きが容赦なくなってきて、悠真は腕も足も峰守に絡みつける。耳朶に触れる峰守の息遣いが荒い。体の奥はもう快感でぐずぐずで、峰守に深く腰を突き入れられるたびに溶けて滴るような声が唇から漏れた。

「あっ、あっ、そ、そこ、だめ……っ」

「……ん？　ここか？」

充血して弱く震える内壁を固い幹でこすり上げられ息が止まった。口先では駄目だと言いながらも、峰守を咥《くわ》え込んだ場所はもっと奥まで誘い込むような淫らな収縮を繰り返す。蕩けた奥を突き崩されるのがたまらなく気持ちいい。言葉とは裏腹に、もっともっとと峰守の体を抱き寄せると、耳元で峰守が小さく笑った。

「もっと奥？」

峰守の言葉を半分も理解できぬまま悠真は必死で頷く。

は、と峰守が感じ入ったような息を吐いた。悠真の腰を摑む指先に力がこもったと思ったら視界が揺れて、体ごと突き上げられる。

「あっ！　ひっ、あ、あぁ……っ！」

シーツの上を背中が滑る。峰守の動きは早くないが一突きが重い。揺さぶられ、突き上げられるたびに快感の水位が上がって体から溢《あふ》れそうだ。内側が峰守を甘く締めつけて、悠真は喉を震わせながら峰守の背に腕を回した。

「あぁっ、も、い……く……っ！」

切迫した声を上げ、悠真は全身を引き絞る。絶頂までの階段は短く、あっという間に高みまで押し上げられた。

きつい締めつけに峰守も低く唸《うな》り、がむしゃらに悠真を抱きしめてきた。

「……っ、あ……ぁ……っ」

固い峰守の腕の中、悠真は切れ切れの声を上げた。峰守の体がぶるりと震え、体を拘束する腕がゆっくりと緩んでいく。同じ速度で、硬直していた悠真の体からも力が抜けた。

二人分の短い息遣いが室内に響く。もう目を開けているだけの余力もなくシーツに沈み込んでいると、ふいに峰守がのしかかってきた。ずしりと重たい体は汗ばんで、まだ大きく背中が上下している。

悠真は水を掻くようにのろのろと腕を上げ、峰守の背中に手を置いた。大きな体に押しつぶされ、濡れたスポンジを絞るように、胸の奥から峰守に対する愛《いと》しさが溢れてくる。広い背をすりすりと撫でていると、峰守がぽつりと呟いた。

「……離れたくないな」

峰守の背中を撫でていた手が止まる。それは、まだしばらくこうして肌を寄せていたいという意味だろうか。それとも、東京《とうきょう》を離れたくないと、そういう意味か。

峰守が子供のような仕草で悠真の首に頬ずりをしてきて、きっと後者の意味だろうと思った。

（そんなこと言われたら、行かせたくなくなっちゃうだろ）

涙目を瞬《まばた》きでごまかして、悠真は峰守の背中を軽く叩いた。

「……電話、毎日してくださいよ」

一瞬心がぐらついたが、やっぱり、行かないでとは言えない。お互い社会人で、与えられた仕事があり、こなさなければならない課題もある。頑張って、と励ますつもりでもう一度背中を叩くと、悠真に覆いかぶさっていた峰守がごろりと寝返りを打った。隣に寝転んだと思ったら、胸に悠真を抱き寄せてくる。

「電話もするし、会いにも行く。そのときはこうやってまた、隙間ができないくらいそばにきてくれ」

峰守の腕の中、悠真は目を細めて「そうしましょう」と返した。この大きな体に包まれていると、間近に迫った別離の淋しさも、不安も、束《つか》の間《ま》柔らかな体温に溶けていくようだ。

予行練習のつもりもなかったが、その晩は峰守の言葉通り、ベッドの上で互いにぴたりと寄り添って夜を明かした。

眠そうに瞬きを繰り返す峰守の顔が可愛《かわい》くて、こんな大男を可愛いと思う自分がおかしくて悠真の唇に笑みが浮かぶ。それを見た峰守の目元にも笑い皺《じわ》が寄って、寝室にひそやかな笑みが満ちる。それは次第に静かな息遣いになり、深い寝息になって、結局どちらが先に瞼を閉じたのかはわからなかった。

日本には美しい四季がある。

春はあけぼの、秋は夕暮れと、千年前から清少納言《せいしょうなごん》も言っていた。

それぞれの季節に見どころがある。ということは、それぞれの季節になにがしかイベントがあるということだ。おかげで悠真の勤めるイベント企画会社は、今日も今日とて忙しい。

夏休みがある夏期は特にイベントが盛んだ。子供やファミリー向けの大型イベントも増える。七月を迎え、終業時間をとうに過ぎても悠真は会社の自席から動けなかった。週明け早々残業だ。過酷な職場に入社したものだと思わなくもない。

「お疲れー。お、三城《みき》はまだ残ってたか」

悠真が事務所で一人パソコンに向き合っていると、朝から外回りをしていた社長が帰ってきた。まだ三十代の社長は気さくで、先輩のような雰囲気で悠真に話しかけてくれる。

「他の奴《やつ》らもう帰った？　三城も早めに帰んなさいよ」

「はい、この企画書だけまとめたら帰ります」

大丈夫か？　と社長は心配してくれるが、悠真は笑顔で頷き返す。前の会社ではやりたくてもやらせてもらえなかった仕事だ。忙しいがやりがいはあった。

「あれ、このお菓子どうした？」

自席に戻った社長が、パソコンの前に置かれていたうなぎパイを見て目を丸くする。

「あ、それ俺のお土産です」

「旅行？」

まさか、と悠真は苦笑を漏らした。先週は土曜だって出勤だったのだ。残りの休日で日帰り旅行に行くだけの体力はない。

「実家に顔を出してきたんです。就職の報告も兼ねて」

椅子に腰かけた社長は個包装された菓子の袋を開け「三城の実家は静岡《しずおか》か」と笑った。

「親御さん、なんて言ってた？　前の会社より断然規模が小さいからびっくりされただろ」

社長は悠真の前職が大手企業だったことを知っている。菓子を食べながら気楽にそんなことを尋ねてくるので、悠真も気負うことなく答えた。

「俺もそういうことを言われるかと思ったんですが、そんなの関係なく喜んでくれて」

「へえ、そりゃよかった」

バリバリと菓子を食べ、唇に食べかすをつけたまま社長が笑う。悠真も一緒に笑い、作業の手を止めて伸びをした。

「なんだか拍子抜けしました。もっとうちの親って厳しいような気がしてたんですけど、久しぶりに会ったら随分丸くなっていたというか……」

「ああ、わかる。しばらく会わないと印象変わるよな。俺も久々に実家に帰ったとき、母親が一回り小さくなっててびっくりした」

「社長が大きくなったんじゃないですか?」

「いや、さすがにこの年になったら背とか伸びないだろ。あれは絶対母親が縮んだんだよ」

くだらない会話をしながら、悠真は実家で会った母の顔を思い出す。

母親は笑顔で悠真を迎えてくれて、テーブルに乗りきらないほどの料理を祖母と一緒に作って待っていてくれた。その日のうちに帰ると告げると、残念そうな顔すらされた。

子供の頃、母はもっと余裕がなくて、悠真のやることにはなんでもかんでも注文をつけてきた気がしたのだが、自分が実家を出た後、何か心境の変化でもあったのだろうか。それとも母は当時から何も変わっていなくて、あんなふうに祖父母と一緒に大きく口を開けて笑う顔を、実家にいた頃の自分が見逃していただけか。

子育てがひと段落ついて母は何か変わったのかもしれず、家を出た悠真も物の見方が変わったのかもしれない。

人の印象はゆるゆると変化するのだなと、実家に帰って改めて思った。

(峰守さんみたいに短時間で印象が変わった人もいるし)

考えて、はっと悠真は時計を見上げた。そろそろ二十二時になるのを確認し、私用の携帯電話を持って事務所を出る。背後から社長が「俺もうすぐ帰っちゃうけど、戸締まりお願いしていい?」と声をかけてきたので、「やっておきます」と返してビルの非常階段へ向かった。

重い防火扉を開けて外に出ると、七月に入ったばかりの温《ぬる》い夜風に頬を撫でられた。非常階段の柵に凭れたところでタイミングよく電話がかかってきた。画面に表示されたのは、峰守の名前だ。

悠真は携帯電話を耳に当て、もしもし、と言って目を閉じる。夜風が耳元を吹き抜け、遅れて峰守の声が耳を打った。

『お疲れさま。まだ会社か？』

毎日電話をしてください、などという無茶な要求を口にした悠真に、峰守は本当に毎日決まった時間に電話をくれる。大阪に行ってから三か月の間、峰守がその約束を破ったことはまだ一度もない。例外は、峰守自身が東京に来ているときくらいだ。

電話を取った瞬間、悠真はいつも目を閉じて耳に神経を集中させる。そしていつもと変わらぬ峰守の低い声に安心して、ようやく瞼を上げ会話を始めるのが決まりだった。

「はい、そろそろ切り上げようかなと思ってたところです」

『忙しいんだな』

「夏はあれこれイベントが多いので。それより、昨日はすみませんでした。うっかり寝ちゃって、電話に気づかず……」

昨日は日帰りで実家に行ったせいか、帰宅するなりベッドに寝転がり、そのまま朝まで爆睡してしまったのだ。目覚ましのアラームで飛び起きて慌てて身支度を整え、峰守の着信履歴に気づいたのは朝の電車の中だった。

毎日電話をしてほしいと言ったのはこちらなのに、と申し訳なく思ったが、峰守は気にしたふうもない。

『構わない。君も疲れてるんだろう』

「しつこくコールしてくれたら目が覚めたかもしれないのに……」

『君の安眠を邪魔したくない』

連日電話をくれはするが、峰守は悠真の言動を縛りつけるような真似をしない。以前、ヨシミや圭介に峰守から毎日電話が来ると話したら「それってすごい束縛系の男じゃない⁉」と青ざめられてしまったが、実際は悠真が電話を取り逃してしまえば二回以上連絡をしてくることもなかった。それでいて悠真から折り返し連絡すれば、いつでも機嫌よく応じてくれる。

電話口で他愛のない話をしていると、峰守の背後で微かに人の声がした。

「もしかして、峰守さんもまだ会社ですか？」

『ああ、俺ももう少ししたら帰るつもりだ』

峰守も遅い時間まで大変だ。あの、と悠真はおずおず声を上げる。

「峰守さんも忙しいでしょうし、本当に毎日連絡してくれなくてもいいんですよ？」

これまでも何度か峰守からの連絡を取り逃していることもあり、申し訳なくなってそう提案してみたが、返ってきたのは柔らかな笑い声だった。

『毎日電話をしてもいいと言ってくれたのは君だろう』

「でも……」

『君の声が聞けないと淋しいのは俺だけか』

うっと悠真は言葉を詰まらせる。

こうして電話で頻繁にやり取りするようになってわかったことだが、峰守は気恥ずかしいくらい甘い言葉を口にすることに躊躇《ちゅうちょ》がない。離れているからこそ言葉を尽くそうとしているのか、これが恋人に対して遠慮を捨てた峰守の本性なのかは知らないが、この手の言葉に慣れていない悠真はどぎまぎしてばかりだ。おかげで事務所でなんて間違っても峰守からの電話を取れなくなった。

悠真が絶句している気配に気づいたのか、峰守が声を潜めて笑う。

『支社の仕事は本社以上に忙しいし、人の上に立つのは柄じゃないから肩も凝るが、こうして君の声を聞けばやる気が出るんだ。だから電話は続けさせてほしい』

「み、峰守さんが、いいのなら……」

悠真だって峰守の声は毎日でも聞きたいので異論はない。

『君のところに戻るためと思えば、仕事にも張り合いが出る。早く成果を出せるよう死に物狂いになっているところだ』

「……死ぬ気でやっちゃ駄目ですよ」

ついついそんな言葉を差し挟むと、『君もな』と笑われた。

電話越しに聞くからか、峰守の声は以前より穏やかに聞こえる。もしかしたら、表情にも少し柔らかさが出ているのかもしれない。たまにしか会えないと想像ばかりが膨らんでしまって、悠真は寄り掛かっていた柵を押すようにして背筋を伸ばした。

「峰守さん、前みたいに『殺す気でやれ』って言ってください」

要求が唐突過ぎたのか、峰守の声が途切れた。一拍置いて、困ったような声が耳に届く。

『……あのときは酔ってたんだ。そういう物騒なことは、あまり……』

「聞きたいです。そうしたら、残りの仕事もバリバリ片づけられる気がするので」

食い下がると再び沈黙が訪れた。その後ろから、たまに微かな声が響く。支社の人間だろう。耳を澄ませて峰守の背後の様子を窺っていると、溜息の音が耳を掠めた。

『わかった。……君も、殺す気でやるように』

周りの耳を気にしているのか、いつにも増して峰守の声は低い。峰守の声を聞き慣れている悠真ですらドキッとするような不穏さで、偶然近くを通りかかった社員がうっかり耳にしようものなら、一発で峰守を怖い人認定するだろうと容易に想像がついた。

(むしろ怖がられてるくらいでちょうどいいんじゃないか?)

峰守は大柄で、強面で、声が低くて仏頂面で、堅気とは思えないほどの威圧感がある。

それでいて小動物が好きで、動物園に通っていて、酒は飲めず甘いものが好きで、恋人に対してはめっぽう甘い。万が一にも文社の人間がそんなギャップを知ったら、峰守に心奪われてしまわないだろうか。

（実はあの人、凄《すご》くモテるような気がするんだよな……）

峰守が大阪に行くまでは、こんなこと考えたこともなかった。

「峰守さん、もう一回」

『……どうしてこんなセリフを？』

峰守が途方に暮れたような声を出す。

だって物理的な距離がこれほど離れているのだ。他に峰守の周囲を牽制《けんせい》する方法が思いつかない。

「恋人の特権です」

峰守は、悠真がこんな心配をしているなんてきっと夢にも思わないだろう。

困惑しきった様子で、でも同じセリフを繰り返してくれる優しくてギャップの激しい恋人に、悠真は電話越しのキスを送った。

あとがき

大学入学直前、知り合いの美容師（見習い）に髪を染めてもらったら、うっかり金髪になった海野《うみの》です、こんにちは。

当初は若干ピンクがかった茶色に染めてもらうつもりだったのですが、よりピンクを強調したいならブリーチした方が綺麗に仕上がるよ、と勧めてもらい、カラーリングの前にブリーチをしてもらいました。結果、なかなか綺麗なピンクブラウンに染まって満足していたのですが、それから二週間ほどでピンクもブラウンも抜け去り、派手な金髪になりました。

折しも大学に入学した直後。入学式までは茶髪をキープしていたけれど、初回の講義が始まる頃にはすっかり金髪になっていた私に話しかけてきてくれる同級生はおらず、入学から一か月ほど、ほとんどぼっちで過ごしました。

そうこうしているうちに髪の根元が黒くなってきたので美容院へ。暗めの茶色に髪を染めた翌日、こっちが面食らうくらい周囲から声をかけられるようになりました。

後に親しくなった大学の友達に当時の私をどう見ていたのか尋ねたところ「めっちゃ金髪で、太い赤フレームの眼鏡かけてたから、なんか近寄りがたかった」と言われました。

見た目って軽視できないな、としみじみ思うようになったきっかけです。

そんなわけで、今回は見た目に振り回される人々のお話でしたがいかがだったでしょうか。

私は地顔が怖いので、今回の攻めである峰守と近い状況に陥ることが多いのですが、逆に悠真みたいな勘違いをされるのも、それはそれで大変なのではと想像します。真面目そう、とか、優しそう、と周囲から持ち上げられてしまうと、それとは逆の行動に出るのはちょっと勇気が要るだろうな、と思ってしまうので。見た目が怖いと「喋《しゃべ》ってみたら思ったより怖い人じゃなかった」と好感度が若干上がることもあるのでお得な気も。ただ、圧倒的に他人から声をかけられずに終わることの方が多いのですが。

そんなふうに見た目と中身にギャップのある二人のイラストを今回担当してくださったのは小椋《おぐら》ムク先生です。なるほど悠真は天使のような可愛らしさで、峰守はイケメンなのにちゃんと怖い！　これまでも小椋先生とは何度かお仕事をさせていただいておりますが、文章で表現したかったことをいつも「それです、それ！」というイラストで表現してくださるので本当に感動します。小椋先生、ありがとうございました！

そして末尾になりましたが、この本を手に取ってくださった読者の皆様も、本当にありがとうございます。見かけによらない二人の恋愛模様を楽しんでいただけましたら幸いです。

それではまた、どこかでお会いできる日を祈って。

海野　幸《さち》

この本を読んでのご意見、ご感想を編集部までお寄せください。

《あて先》〒141-8202 東京都品川区上大崎3-1-1 徳間書店 キャラ編集部気付

「魔王様の清らかなおつき合い」係

【読者アンケートフォーム】

QRコードより作品の感想・アンケートをお送り頂けます。

Chara公式サイト http://www.chara-info.net/

■初出一覧
魔王様の清らかなおつき合い……書き下ろし

Chara

魔王様の清らかなおつき合い……【キャラ文庫】

2022年2月28日 初刷

著者 海野 幸
発行者 松下俊也
発行所 株式会社徳間書店
〒141-8202 東京都品川区上大崎3-1-1
電話 049-293-5521（販売部）
03-5403-4348（編集部）
振替 00140-0-44392

印刷・製本 図書印刷株式会社
カバー・口絵 近代美術株式会社
デザイン おおの蛍（ムシカゴグラフィクス）

ISBN978-4-19-901056-9

海野　幸の本

好評発売中

［匿名希望で立候補させて］

イラスト✦高城リョウ

お昼寝もお風呂も一緒で、兄弟同然に育った、おとなりの三兄弟――とりわけ優秀な長男・直隆《なおたか》に告白して、フラれた黒歴史を持つ史生《ふみお》。直隆の就職を機に疎遠になっていたけれど、突然地元に帰ってきた!!　しかも今回の転勤は、なぜか自分から希望したらしい。動揺する史生の元に、幼いころ三人と交わした交換日記が無記名で届く。そこには「実は男が好きなんだ」という衝撃の告白があって!?

投稿小説 大募集

『楽しい』『感動的な』『心に残る』『新しい』小説——
みなさんが本当に読みたいと思っているのは、
どんな物語ですか？
みずみずしい感覚の小説をお待ちしています！

応募のきまり

応募資格

商業誌に未発表のオリジナル作品であれば、制限はありません。他社でデビューしている方でもOKです。

枚数／書式

20字×20行で50～300枚程度。手書きは不可です。原稿は全て縦書きにしてください。また、800字前後の粗筋紹介をつけてください。

注意

❶原稿はクリップなどで右上を綴じ、各ページに通し番号を入れてください。また、次の事柄を1枚目に明記して下さい。
（作品タイトル、総枚数、投稿日、ペンネーム、本名、住所、電話番号、職業・学校名、年齢、投稿・受賞歴）

❷原稿は返却しませんので、必要な方はコピーをとってください。

❸締め切りは特別に定めません。採用の方にのみ、原稿到着から3ヶ月以内に編集部から連絡させていただきます。また、有望な方には編集部からの講評をお送りします。（返信用切手は不要です）

❹選考についての電話でのお問い合わせは受け付けできませんので、ご遠慮ください。

❺ご記入いただいた個人情報は、当企画の目的以外での利用はいたしません。

あて先

〒141-8202　東京都品川区上大崎3-1-1
徳間書店　Chara編集部　投稿小説係